LE DOMINIQUIN

SUIVI D'UNE

NOTICE SUR LÉONARD DE VINCI

PAR Mme GRANDSARD

~~~~~~~~~~

LIBRAIRIE DE J. LEFORT

IMPRIMEUR, ÉDITEUR

LILLE | PARIS
rue Charles de Muyssart, 24 | rue des Saints-Pères, 30

LE DOMINIQUIN

In-12 3e série.

LE DOMINIQUIN

LE DOMINIQUIN

SUIVI D'UNE

NOTICE SUR LÉONARD DE VINCI

PAR Mme GRANDSARD

———《MMWW》———

LIBRAIRIE DE J. LEFORT

IMPRIMEUR ÉDITEUR

LILLE | PARIS

rue Charles de Muyssart, 24 | rue des Saints-Pères, 30

1876

LE DOMINIQUIN

I

Le Dominiquin naquit à Bologne, le 21 octobre 1581. Son nom de famille était Dominico Zampieri. Celui qu'il conserva toute sa vie lui fut donné par Louis Carrache, son maître, qui, par amitié, ne l'appelait que Dominicchino ou petit Dominique.

Le père de Dominique, simple cordonnier, étant parvenu, par son travail, à se créer une honnête aisance, lui fit donner une bonne éducation littéraire, dans l'espoir d'en faire un prêtre ou un magistrat; mais lorsqu'il s'aperçut de l'inclination qu'avait son fils pour le dessin, il renonça aux projets qui flattaient son ambition, et lui proposa un jour de le placer dans l'atelier de Denis Calvaert, qui occupait alors le second rang dans l'école Bolonaise.

— Je préférerais entrer dans l'atelier des Carrache, cher père, répondit Dominico; ils ont une manière plus large, plus conforme à mes idées sur la peinture.

— Ah! voilà bien la jeunesse avec son inexpérience de la vie, répliqua Zampieri, tout ce qui est nouveau la flatte et l'entraîne; mais quand on a comme moi consacré trente années à un travail assidu, on ne se laisse plus éblouir par les systèmes nouveaux, on sait que les routes frayées sont toujours les meilleures, en ce qu'elles conduisent plus sûrement au but. Si, dans mon modeste métier, j'avais eu l'orgueil de vouloir travailler d'après les inventions nouvelles, j'aurais fait de la pacotille au lieu de confectionner de bonnes chaussures dont tous mes clients sont satisfaits. Il doit en être de même, mon enfant, de la peinture. Ainsi, ne me parle plus de tes artistes à la mode: tu seras l'élève de maître Calvaert, ou tu continueras tes études littéraires, je t'en laisse le choix.

. Le jeune homme sourit avec un peu de malice et reprit :

— Permettez-moi, mon bon père, de vous faire observer que l'on peut très-bien réussir une paire de souliers en suivant indéfiniment les règles des anciens maîtres cordonniers; mais que, pour arriver à créer un tableau de quelque valeur, il faut que l'artiste tourne ses regards vers chaque aurore nouvelle, afin d'élargir l'horizon de ses idées et d'enrichir son imagination de tous les rayonnements projetés par les chefs-d'œuvre.

— Bien, bien, je te comprends : la nouvelle école des Carrache est admirée par toi comme une éblouissante aurore, tandis que le génie de maître Calvaert te semble un astre à son déclin; eh bien, mon garçon, tu te contenteras des lueurs de cet astre ou tu renonceras à jamais à la peinture, car ma résolution est prise depuis longtemps.

Dominico comprit qu'il devait se rendre à la volonté de son père, et, dès le lende-

main matin, il se laissa conduire docilement
à l'atelier du maître flamand.

Ce dernier était un gros homme, à l'air
rébarbatif, aux manières brusques et peu
rassurantes ; aussi le petit Dominico ne
put-il l'aborder qu'en tremblant.

Ce jour-là, précisément, l'humeur de
maître Calvaert paraissait plus intraitable
encore que de coutume. Il venait d'apprendre
que deux de ses meilleurs élèves, le Guide
et l'Albane, étaient entrés la veille dans les
ateliers des Carrache, et son orgueil s'en
trouvait si profondément blessé que sa jeune
fille, qu'il aimait beaucoup, n'était pas
parvenue par ses caresses à dérider un peu
son front soucieux.

— Que me voulez-vous? dit-il à Zampieri
dès que celui-ci eut ouvert la porte de son
atelier.

— Je vous amène un nouvel élève, illustre
maître, répondit le cordonnier en désignant son fils qui se tenait immobile sur le
seuil.

L'artiste haussa les épaules à la vue de
ce pauvre enfant, dont la petite taille et

l'extérieur modeste étaient loin de prévenir en sa faveur, et se remit au travail sans daigner faire aucune réponse.

— Soyez assez bon pour examiner les dessins de mon fils, illustre maître, reprit Zampieri en tendant à l'artiste un rouleau de papier.

— Inutile; une organisation pareille ne peut rien espérer des arts, répondit brusquement Calvaert.

— Voyez cette esquisse, maître, dit le cordonnier qui, sans se décourager, étalait une des feuilles sur le chevalet du peintre.

— Qui a donné les premières leçons à ce garçon-là? s'écria l'artiste après avoir examiné en silence les différents essais qu'on venait de placer devant lui.

— Le cher enfant n'a encore suivi que le cours de dessin du petit séminaire où il faisait ses études classiques, répondit Zampieri; mais il a pour la peinture de telles dispositions qu'il y travaille parfois durant une partie des nuits.

— Je l'accepte pour élève, reprit Calvaert, mais j'y mets une condition.

— Laquelle, illustre maître?

— C'est qu'il ne s'avisera jamais de copier les modèles des Carrache, encore moins d'imiter leurs manières; car, dès que je m'en apercevrais, je le chasserais impitoyablement.

— Vous avez toute ma confiance, maître Calvaert, et mon fils respecte assez mes volontés pour se montrer toujours docile à vos savants conseils.

— La jeunesse aime la nouveauté, reprit le peintre, et c'est là un écueil où vont échouer la plupart des artistes du jour. On leur fait voir l'art à travers le prisme trompeur de l'imagination, et, oubliant que l'étude est une chose sérieuse, ils s'élancent follement dans les régions de la fantaisie, au lieu de suivre les règles immuables du beau, et tout espoir est perdu.

Zampieri parut émerveillé de l'éloquence de maître Calvaert. Se tournant vers son fils, qui ne semblait nullement partager son enthousiasme :

— Ecoute ces conseils de ton sage maître, mon ami, et un jour peut-être tu seras la gloire et la consolation de ton vieux père.

Un quart d'heure après, Dominico était installé dans le vaste atelier de Calvaert. L'accueil qui lui avait été fait par ses futurs compagnons d'étude n'avait pas été très-flatteur pour lui; il s'était aperçu qu'on le regardait avec mépris, que l'on plaisantait de son air timide et embarrassé; mais, un modèle étant là devant lui, il surmonta aussitôt ses impressions pénibles et se mit au travail avec une ardeur incroyable.

— Bien! très-bien, mon ami! lui dit Calvaert lorsqu'il vint visiter son esquisse; continuez à travailler ainsi, et je serai heureux et fier de vous prodiguer mes soins.

Plusieurs têtes malicieuses se penchèrent alors vers le chevalet du nouvel élève, mais il était facile de voir, lorsqu'elles se relevèrent, que la critique et la malveillance avaient fait place à la surprise et à l'admiration.

II

Plusieurs mois s'écoulèrent ainsi pour le jeune Zampieri ; mais, ayant eu un jour l'occasion de se trouver avec l'Albane, celui-ci lui parla avec un tel enthousiasme du génie large et puissant de son maître Louis Carrache, qu'il manifesta le désir de copier quelques-uns des modèles de la savante école.

— Je vous en remettrai avec le plus grand plaisir, répondit l'aimable artiste.

Et dès le lendemain, Dominico se trouvait en possession de plusieurs chefs-d'œuvre pleins de grâce et de hardiesse.

Il se borna d'abord à les copier le soir, à son retour de l'atelier ; mais un matin, ne pouvant plus résister au charme qu'il éprouverait à étudier ces beaux modèles, il les

porta à l'atelier bien décidé à en faire secrè-
tement la copie. Malheureusement il fut
trahi par l'un des élèves. Aussitôt maître
Calvaert vint à lui et lui dit avec une fureur
contenue :

— N'ai-je pas absolument défendu que
l'on travaillât chez moi d'après la manière
des Carrache? comment as-tu l'audace de te
révolter contre ma volonté?

— Examinez ces modèles, maître, balbutia Dominico en en étalant quelques-uns
sur son chevalet, examinez-les et....

— Insolent! interrompit Calvaert, oseras-
tu me braver ainsi en face? Enlève-moi tout
cela ou redoute ma colère.

Le pauvre enfant comprit bien qu'il devait
céder ; aussi remit-il en silence tous ses
dessins dans son portefeuille.

Dès ce moment, le jeune Zampieri commença son rôle de patient. Son maître ne
cessa plus de blâmer avec brutalité toutes ses
études, et de lui prédire qu'il ne ferait jamais
rien en peinture ; il s'emporta même une fois
contre lui au point de le frapper. Ce jour-là,
Dominico revint tout triste chez ses parents.

— Que t'est-il donc arrivé, cher enfant ?
lui demanda sa mère, qui aussitôt s'aperçut
de son accablement.

— Je ne puis supporter davantage les mauvais traitements de maître Calvaert, répondit
le jeune homme ; mes études chez lui me
sont un véritable supplice depuis quelque
temps, et aujourd'hui même il en est arrivé à
me frapper, en présence de tous ses élèves qui
rivalisent avec lui de cruauté à mon égard.

— Pourquoi ne m'as-tu pas confié plus
tôt tous tes chagrins, mon pauvre enfant ?
lui dit la chère femme en le prenant avec
tendresse dans ses bras ; je n'aurais pas
permis que l'on te traîtât de la sorte.

— C'était la volonté de mon père que je
restasse chez Calvaert, répondit le jeune
homme ; c'est pourquoi, ma bonne mère,
j'ai supporté si longtemps toutes les injustices dont j'étais la victime dans l'atelier de
ce maître jaloux.

— Il est temps que cela finisse, reprit
Mᵐᵉ Zampieri ; bientôt ton père sera de
retour, et je lui parlerai sérieusement de
cette affaire.

Dès le lendemain matin, Dominico travaillait avec bonheur dans l'atelier de Louis Carrache, qui l'avait accepté avec d'autant plus d'empressement que c'était à cause de lui qu'il avait ressenti les effets de la colère de maître Calvaert.

— Je vous confie mon cher Dominicchino, dit Louis Carrache en s'adressant à l'Albane, qui venait de s'avancer en souriant vers le nouvel élève.

L'Albane plaça lui-même, pour ce dernier, un chevalet près du sien, et à l'avenir le jeune Zampieri ne fut plus appelé que Dominiquin ou petit Dominique.

Le Dominiquin n'était pas doué de cette spontanéité de conception naturelle au génie des arts ; mais une grande application, une observation soutenue, l'amour du travail et le désir ardent de réussir lui tenaient lieu de ces qualités natives.

Quelques mois à peine s'étaient écoulés depuis qu'il travaillait à l'école des Carrache, lorsque ceux-ci proposèrent un de ces concours par lesquels ils excitaient l'émulation de leurs élèves. Le jeune Zampieri, toujours défiant de lui-même, refusa de concourir et n'en fit pas moins un dessin en secret.

Quelle ne fut pas la surprise de ses condisciples lorsque, le jour des récompenses arrivé, on le vit, au moment où le vainqueur allait être proclamé, s'avancer timidement auprès du professeur et lui demander, en lui présentant sa composition, s'il la jugeait digne d'être admise.

Louis Carrache, le seul qui jusqu'alors eût conçu des espérances sur son compte, la reçut avec satisfaction, et, après avoir examiné de nouveau tous les ouvrages, déclara que les avantages et la gloire appartenaient en entier au Dominiquin.

Osant à peine lever les yeux, celui-ci reçut avec modestie le prix et les louanges qu'il méritait, et courut aussitôt faire partager son bonheur à ses chers parents.

— Sois béni pour la joie que tu répands en nos cœurs, mon enfant! lui dit son père dès qu'il eut raconté son triomphe.

Et la tendre mère se mit aussitôt à préparer une petite fête, afin que ce beau jour fût pour la famille une époque mémorable.

Dès qu'il se fut retiré dans sa chambre, le jeune artiste songea à remercier Dieu de ce qu'il avait daigné faire fructifier ses efforts, puis s'endormit ensuite en rêvant à la gloire et en se réjouissant de reprendre le lendemain son travail avec une nouvelle ardeur.

III

La première personne qu'il rencontra en arrivant à l'atelier fut son fidèle Albane, qui vint à lui pour lui serrer la main et le féliciter de son succès de la veille.

— Regardez-moi à l'avenir comme l'un de vos meilleurs amis, Dominicchino, lui dit l'aimable artiste ; croyez que, si un jour je puis vous être utile, ce sera pour moi un véritable bonheur, car je n'oublierai jamais les courageux efforts que je vous vois faire pour arriver à vous distinguer dans l'art de la peinture.

— Pourquoi tous nos condisciples n'ont-ils point pour moi ces affectueux sentiments ? soupira le Dominiquin après avoir remercié son ami ; je me sentirais plus de courage encore si je ne me voyais point exposé, comme cela arrive souvent, à leur impitoyable jalousie.

— Ne vous en préoccupez pas, Dominicchino, reprit l'Albane ; maître Louis vous apprécie, et je suis là pour vous défendre contre toutes les injustices dont vous pourriez être l'objet.

La journée ne se passa pas sans fournir à l'Albane l'occasion de protéger son timide ami. Le Dominiquin était privé de tout avantage extérieur : sa taille était petite, ses traits irréguliers, ses mouvements lourds et maladroits, et ses compagnons d'étude, excités ce jour-là par la jalousie que leur causait son récent triomphe sur eux, se montraient moins disposés que jamais à lui pardonner son infériorité physique. Ayant eu le malheur de renverser un chevalet sur lequel se trouvait suspendue une grande toile que terminait Guido Reni, une rumeur formidable s'éleva des quatre coins de la salle, et les propos les plus injurieux furent prodigués au pauvre Zampiéri.

L'Albane vint aussitôt au secours de son jeune protégé, dont les mains tremblantes

essayaient vainement de relever le chevalet,
et quand la toile fut remise en place par ses
soins et qu'il eut constaté qu'aucun dégât
ne s'y était produit, il prit la parole et fit si
bien ressortir tout ce qu'il y avait d'odieux
dans des persécutions dictées par la jalousie,
qu'aucune voix n'osa s'élever pour répli-
quer.

Malheureusement le Dominiquin ne devait
pas jouir longtemps de l'affectueux dévouement de son vaillant protecteur : animé
du désir de connaître les merveilles de la
sculpture antique et de la peinture moderne,
l'Albane partit pour Rome, où il fut reçu par
Annibal Carrache, occupé alors à ses immortelles fresques de la galerie Farnèse.

Cette séparation fut on ne peut plus
pénible au jeune Zampieri ; mais son fidèle
Albane, lui ayant envoyé, après quelques
mois de séjour dans la capitale des arts,
plusieurs dessins qu'il avait faits d'après
Raphaël, il se consola de l'absence de cet
ami dévoué, et se mit à travailler avec plus
de courage que jamais.

N'avait-il pas sous les yeux ces admirables

chefs-d'œuvre où la beauté divine semble s'être reflétée pour nous attirer vers elle et nous faire désirer le ciel ? Il les contemplait, les étudiait dans leurs moindres détails, et tous ses efforts tendaient à se rendre digne, lui aussi, d'aller se perfectionner à cette sublime école des arts et du génie.

Ce fut donc un bien beau jour pour le jeune peintre que celui où son maître lui annonça qu'il pouvait partir pour Rome et que deux amis dévoués l'y attendaient, l'Albane et Annibal Carrache.

Arrivé à Rome, le Dominiquin reçut, en effet, de l'Albane l'hospitalité la plus généreuse, et Annibal Carrache intéressé par l'union et l'enthousiasme des deux jeunes peintres, les adopta pour élèves et les associa à ses travaux.

Annibal était alors occupé plus que jamais de ses immortelles fresques de la galerie Farnèse. Inspiré par le succès qu'obtenait son œuvre, il sentait grandir son génie et son activité à mesure qu'il avançait dans ses sublimes créations.

Frappé des merveilleuses beautés qu'il

voyait naître sous ses yeux, Zampieri s'estimait heureux de ce que l'illustre peintre l'eut jugé digne d'être associé à de si nobles travaux, et se livrait à son art avec un enthousiasme et une ardeur qui ne pouvaient manquer d'obtenir du succès. Un tableau de la mort d'Adonis ne tarda pas, en effet, à attirer l'attention publique sur le débutant et à lui valoir la protection de Jean-Baptiste Agucchi, illustre Bolonais passionné pour les arts, et frère du cardinal de ce nom.

C'est dès ce moment aussi que surgirent contre l'artiste applaudi la jalousie et les persécutions incessantes dont il fut depuis l'objet. Parmi ses détracteurs, Augustin Carrache n'était pas le moins acharné, et, prenant pour de la lenteur ce qui n'était chez le peintre que l'effet de la plus profonde réflexion, il ne l'appelait jamais que *le bœuf*. Mais Annibal, qui avait compris tout ce qu'il y avait d'avenir dans son élève, le vengea un jour de cette épithète injurieuse, en assurant que le bœuf traînait si bien son sillon, qu'il fertiliserait le champ de le peinture.

Le Dominiquin peignit ensuite son tableau de la délivrance de saint Pierre, et le cardinal Agucchi, ayant vu cette œuvre, déclara qu'il était éclairé dès lors sur le mérite injustement contesté de Zampieri, et aussitôt il lui confia la décoration de l'église de Saint-Onuphre.

Peu de temps après, la mort enlevait à l'artiste ce zélé protecteur, et il se voyait chargé de l'érection de son tombeau. Il y sculpta quelques ornements et peignit au-dessus, dans un ovale, le portrait de l'ami dévoué qu'il regrettait si vivement.

Ce fut aussi vers cette époque que le Dominiquin peignit *Suzanne et les vieillards*, le *Ravissement de Saint-Paul*, *Saint-François à genoux devant le crucifix*, et *Saint-Jérôme dans sa grotte*.

Ces chefs-d'œuvre augmentèrent tellement l'estime de Jean-Baptiste Agucchi pour le talent de Zampieri qu'il lui fit obtenir les peintures de la villa Belvédère, appartenant au cardinal Aldobrandine dont il était le majordome. Dans ce palais, le Dominiquin traça quelques épisodes de l'histoire d'Apollon, que la gravure a rendus célèbres et qui excitèrent l'admiration générale, malgré les mordantes critiques qu'en faisaient les ennemis du modeste artiste.

IV

Le Dominiquin ayant été chargé ensuite
de peindre divers miracles de saint Barthe-
lémi dans la chapelle de l'abbaye de Grotta-
Ferrata, y peignit en costume de page le
portrait d'une jeune fille qu'il avait vainement demandée en mariage, et la ressemblance était si parfaite, que les parents de
la jeune personne, courroucés de voir l'image
de leur fille exposée ainsi publiquement,
sollicitèrent le renvoi du peintre et ne
tardèrent pas à l'obtenir.

Découragé par cette nouvelle épreuve, il
retourna à Rome, où il trouva son fidèle
Albane travaillant au château de Bassaro
pour le marquis de Gustiniani.

Heureux de se trouver en position de
venir en aide à son ami, Albane engagea le

marquis de Gustiniani à confier à Zampieri
une partie des peintures qui restaient à
faire, et ce dernier fit preuve d'un tel talent
dans l'exécution de ces divers ouvrages,
qu'on lui confia la direction des fresques de
la chapelle Saint-André dans l'église de
Saint-Grégoire, où il a représenté la flagella-
tion de Saint-André avec Guido Reni, cet
autre élève de Carrache dont la fresque offre
le même saint agenouillé devant la croix.

Dans cette circonstance, la fortune se
prononça encore contre le Dominiquin : sa
composition ne lui fut payée que cent cinquante écus, tandis qu'on en compta quatre
cents pour celle de son collaborateur.

C'est que le jeune Guido Reni, doué
d'une grande beauté, d'un esprit brillant,
d'un caractère aimable, était alors le peintre
à la mode. Appliquant aux plus vulgaires
détails de la vie privée un sentiment exquis
de l'élégance, il s'entourait sans cesse d'une
auréole de faste et de bon goût. Toujours
magnifiquement vêtu, il peignait dans un
atelier somptueux, rendez-vous des personnages les plus distingués, des artistes les

plus habiles de l'Italie, tandis que son rival, à qui la nature avait refusé les avantages extérieurs, vivait pauvre et méprisé dans la plus complète solitude, bornant ses récréations à quelques promenades dans la campagne de Rome.

Une pareille humiliation ne pouvait manquer d'épuiser enfin la patiente résignation du malheureux artiste.

— C'en est fait, mon ami, je vais retourner à Bologne, dit-il à l'Albane, lorsqu'il alla le voir pour lui faire part de la nouvelle injustice dont il venait d'être victime. Le séjour de Rome m'est devenu impossible, je vais essayer de me faire dans ma patrie un sort plus propice.

— Les hommes sont les mêmes partout, mon pauvre Zampieri, répondit l'Albane, en lui serrant la main avec attendrissement; il est probable que ton génie sera aussi méconnu à Bologne qu'à Rome, et cette injustice, te venant de tes concitoyens, te sera plus pénible encore. Reste donc dans l'immortelle cité des arts, et continue à y travailler avec courage, car la gloire ne peut manquer d'être un jour ta récompense.

Zampieri se rendit à ces exhortations de son ami, et le lendemain on lui commandait, pour le grand autel de San-Gérolumo-della-Carita, la *Communion de Saint-Jérôme*.

Cette admirable création, que notre Poussin compare à la *Transfiguration de Raphaël*, fit une sensation profonde en Italie et, on peut le dire, dans toute l'Europe qui l'admira reproduite par la gravure. Mais, chose incroyable ! le Dominiquin ne toucha que cinquante écus pour cette page sublime qui rouvrit pour lui la carrière des persécutions.

L'envie, n'y trouvant rien à prendre, voulut lui disputer la gloire de l'exécution. On l'accusa d'avoir copié Augustin Carrache, qui avait traité le même sujet; et Lanfranc, l'un de ses plus ardents ennemis, alla jusqu'à faire graver le tableau de Carrache dans lequel se rencontre, il est vrai, une certaine analogie avec la peinture du Dominiquin, mais qui lui est de beaucoup inférieur.

Le laborieux artiste se consola de cette nouvelle injustice en travaillant aux fresques de la chapelle Sainte-Cécile, œuvre admirable qui vint, un peu après, ajouter son rayon à la gloire obtenue par la *Communion de Saint-Jérôme*.

Appelé ensuite à Fano par l'illustre maison Kolfi, Zampieri fut chargé de tracer l'histoire de la Vierge sur les murs de la cathédrale de cette ville : travail auquel il consacra plus d'une année.

« Il m'est donc enfin permis de travailler en paix ! écrivait-il à son fidèle Albane, quelques mois après son arrivée. Fano est pour moi la terre promise, le paradis terrestre. Je n'y suis entouré que de cœurs amis, que de regards bienveillants ; aussi ai-je déjà presque oublié qu'il existe des esprits méchants, des âmes injustes et jalouses. Quand je m'éveille au milieu du calme de ma riante habitation, je souris à la vie, et j'éprouve des émotions qui doivent ressembler à celles d'un malade délivré tout à coup de ses cruelles souffrances. Chaque nouvelle aurore m'apporte son rayon d'espoir ; jamais je n'ai eu autant de confiance en mon activité, autant d'admiration pour les œuvres de Dieu, autant d'amour pour sa bonté. »

Son travail achevé, il se disposait à repartir à Rome, lorsqu'il apprit que l'Albane et Guido Reni s'étaient fixés à Bologne et y jouissaient de la gloire dûe à leur talent.

— Peut-être aurai-je enfin le bonheur de trouver auprès de mes concitoyens la faveur qu'y ont rencontrée mes compagnons d'étude? se dit Zampieri.

Et il partit pour sa ville natale.

Son père et sa mère vivaient encore, il s'installa chez eux et reprit gaîment possession de sa modeste chambre d'autrefois.

L'Albane venait de se marier. Il avait épousé une jeune fille d'une très-grande beauté et d'un caractère charmant. Dès qu'il eût appris l'arrivée de son ami, il vint le voir et l'engagea vivement à venir partager souvent la joie et la paix de son intérieur.

— Tu sais, mon ami, que je suis loin d'être un privilégié auprès des dames, répondit le Dominiquin avec un triste sourire.

— Toujours la même timidité ! repartit l'Albane. Allons, tu vas me suivre à l'instant, et je suis sûr que tu reviendras enchanté de ta visite ; car ma femme a un excellent cœur, et ce qu'elle estime le plus dans un homme c'est le génie.

Un quart d'heure après, l'heureux Albane présentait son timide ami à sa jeune femme, qui, aussi bonne que belle, faisait à ce dernier l'accueil le plus affectueux.

— Viens maintenant visiter ma maison, mon atelier, mon jardin, dit l'aimable artiste après une heure passée à discourir sur la peinture.

Et il entraîna Zampieri hors du salon.

Rien n'avait été négligé dans la riante demeure pour que ses habitants s'y trouvassent heureux. Tous les appartements étaient meublés avec une élégance et un goût exquis, et le jardin, quoique de peu d'étendue, offrait des ombrages charmants, des allées fleuries du plus agréable effet.

— Elle-même a préparé pour moi ce petit paradis terrestre, mon ami, dit l'Albane quand le Dominiquin se fut vivement extasié sur la poétique beauté que l'on avait su répandre sur toutes choses. Un jour viendra

où tu songeras aussi à te marier, tâche de
choisir surtout un cœur noble et bon; car
dans ce cœur Dieu a déposé, pour notre
âme, de célestes trésors qui se répandent
en délicieuses joies sur chacun de nos jours.
Mais, continua-t-il, nous n'avons point
encore visité mon atelier, et je tiens beaucoup à ce que tu le voie, car là surtout tu
la verras briller avec tous ses charmes.

Au fond du jardin se trouvait un rideau
de vigne-vierge dont les rameaux flexibles
s'enlaçaient avec grâce; l'Albane les écarta
doucement, et les deux amis pénétrèrent
dans le plus riant atelier que pût désirer un
artiste.

Plusieurs *Vierges* en miniature décoraient
ce sanctuaire du travail. Zampieri s'avança
pour les contempler et s'écria tout à coup :

— Ah! je comprends maintenant pourquoi tu m'annonçais que je verrais ici briller
ta femme avec tous ses charmes ! C'est elle
qui t'a servi de modèle pour toutes ces
têtes, et je te félicite de ton choix, car on
ne peut rêver pour la Vierge-Mère un regard
plus pur, des traits plus adorables.

— On est généralement de ton avis, repartit gaiement l'Albane ; cependant, la critique commence à me reprocher la ressemblance qui existe entre toutes mes têtes ; mais mon cœur est plein de la belle compagne à qui je dois le bonheur, et je continuerai à en retracer souvent la douce et souriante image.

Comme l'avait prévu l'Albane, le Dominiquin fut enchanté de sa soirée, aussi revint-il bien souvent prendre part aux paisibles joies de l'heureuse famille.

V

Cependant le Dominiquin ne tarda pas à s'apercevoir qu'il s'était fait illusion en espérant se voir apprécier par ses concitoyens : à Bologne, comme à Rome, il fut complétement éclipsé par Guido Reni, son brillant émule. Découragé, il repartit pour la ville éternelle ; mais son absence ne fut pas de longue durée, il fut rappelé dans sa patrie par les seigneurs de Ratta qui le chargèrent d'exécuter le grand tableau de la *Vierge du Rosaire* pour l'église de Saint-Jean-in-Monte.

Il était alors âgé de trente-huit ans. N'ayant pu encore se procurer l'aisance à laquelle son talent lui donnait le droit de prétendre, il continuait de vivre dans l'isolement, la médiocrité, quand son fidèle Albane vint un jour lui proposer de se marier.

— Me marier ! s'écria-t-il en souriant avec amertume, y songes-tu, mon ami? Où pourrais-je rencontrer une femme assez détachée des biens et des honneurs de ce monde pour consentir à partager ma malheureuse destinée ?

— J'en connais une, moi, repartit l'Albane ; c'est une jeune fille d'une grande beauté, et qui unit à une honnête fortune un esprit très-élevé et un cœur excellent. Dis un mot, et bientôt tu seras l'heureux époux de la belle Marsibilia Barbetti, que tu as vue plusieurs fois chez moi, et dont la belle âme a su t'apprécier à ta juste valeur.

— Impossible ! tu dois t'abuser, balbutia le modeste artiste. Cette jeune fille ne consentira jamais à devenir la femme du pauvre Zampieri.

Un mois après, l'heureuse prédiction de l'Albane s'accomplissait à la grande joie du Dominiquin, qui ne pouvait croire encore à son bonheur.

La jeune Barbetti avait, en effet, compris ce beau génie dont elle s'était plu souvent à admirer les chefs-d'œuvre ; aussi s'efforçat-elle toujours de l'encourager dans ses nobles travaux, et de le consoler de ses peines passées.

Ce mariage resserra encore plus intimement les liens d'amitié qui unissaient le Dominiquin à son fidèle Albane. Celui-ci avait vu compléter son bonheur domestique par la naissance de trois beaux enfants qu'il ne cessait de reproduire, selon son habitude, dans tous ses tableaux. Et quand on lui reprochait de se répéter dans l'expression de ses têtes, il répondait, comme il le faisait autrefois au sujet de sa femme, qu'il avait sous les yeux de trop beaux modèles pour songer à en chercher ailleurs.

Le Dominiquin était de son avis. Il aimait à voir sourire, sur les toiles de son ami, l'image de ces petites têtes charmantes qui l'égayaient si souvent de leur gracieux babil pendant les heures qu'il venait passer, avec sa jeune femme, au milieu de l'aimable famille.

Depuis son union avec la bonne Marsibilia, Zampieri s'estimait le plus heureux des hommes; il sentait son génie se développer de jour en jour sous l'influence de cette belle âme qui s'associait à toutes ses inspirations, et savait encourager son activité par l'admiration avec laquelle elle accueillait chacune de ses œuvres.

Malheureusement cette félicité, à peu près parfaite, ne devait durer que six mois à peine. On contesta au Dominiquin la dot promise à sa femme, et il lui fallut, pour l'obtenir, commencer un procès qui en dévora la moitié.

— Comment, ma pauvre amie, as-tu pu te décider à unir ta destinée à la mienne? disait parfois l'artiste, quand il lui semblait apercevoir un peu de tristesse sur les traits de sa jeune femme. Je suis né pour le malheur, ajoutait-il, et tous les êtres chers à mon cœur se verront condamnés à partager avec moi mes perpétuelles épreuves.

— N'avons-nous pas pour nous consoler l'auréole de génie dont la Providence s'est plu à environner ton front, mon Dominico? répondit la bonne Marsibilia. Qu'est-ce que la fortune en comparaison de la gloire qui doit être un jour la récompense de tes travaux? D'ailleurs, Dieu est bon, il saura tou-

jours proportionner la souffrance à nos
forces, si nous nous résignons à sa sainte
volonté.

— Oui, Dieu est bon, mon amie, puis-
qu'il t'a envoyée vers moi comme un ange
consolateur, reprenait Zampieri.

Et il se remettait courageusement au travail, espérant ainsi réparer en partie le désastre
causé à sa fortune par son déplorable procès.

Quelques mois après, la naissance d'un
bel enfant vint apporter une grande consolation dans le modeste intérieur, et ce fut de
toute son âme que le Dominiquin remercia
le ciel de ce rayon de bonheur qu'il daignait
projeter sur sa triste existence.

Dès lors, il ne demanda plus ses joies
qu'au foyer domestique. Voir sourire son fils
sur les genoux de sa jeune femme, l'entendre plus tard balbutier le doux nom de
père, c'était là pour ce grand cœur la suprême félicité.

Que de rêves d'avenir ne faisait-il pas
sur cette petite créature qui lui était confiée
par la Providence! Son front large et élevé
lui était un présage de génie; dans son

regard limpide, se lisaient toutes sortes de qualités aimables et d'inclinations au bien.

Alexandre Ludovisio, qui plus tard fut élevé au siége pontifical sous le nom de Grégoire XV, consentit à tenir sur les fonts du baptême cet enfant de bénédiction, et devint ainsi l'ami dévoué de la petite famille, le fervent admirateur des œuvres du noble artiste.

VI

A trois ans, le petit Alexandre était le plus gracieux enfant que l'on pût voir. Déjà il tenait compagnie à son père, pendant ses longues heures de travail, et s'estimait trop heureux lorsque, assis sur un tabouret en face d'un modèle, il barbouillait une grande feuille de papier, bien convaincu qu'il imitait fidèlement le dessin placé sous ses yeux. Dès qu'il avait terminé ce qu'il appelait son esquisse, il demandait un pinceau et des couleurs et complétait son œuvre, qu'il montrait ensuite en triomphe à son père et à sa mère.

C'était plaisir de le voir sourire de pitié quand, conduisant la main à son petit frère, âgé à peine d'un an, il lui donnait une leçon de peinture.

— Pauvre petit, lui disait-il, que nous aurons de peine avant de faire de toi un grand peintre comme papa! Mais regarde donc les modèles que je t'ai faits; quel beau bleu dans le ciel, comme les arbres sont verts, je les ai couverts de grosses pommes rouges, mais Dominicchino ne les aura pas, parce qu'il n'écoute pas son maître.

Ce petit maître faisait le bonheur de ses parents. C'était la joie de la maison, le rayon d'espoir vers lequel le Dominiquin aimait à se tourner quand de nouvelles déceptions venaient ralentir son ardente activité.

Hélas! qui peut sonder les décrets de la Providence?... Ce bel enfant, si plein de vie et d'intelligence, que Dieu semblait avoir donné au noble artiste comme un ange consolateur, ce bel enfant devait avant peu déployer ses ailes vers le ciel et laisser dans la douleur les parents qui l'aimaient tant.

Depuis un mois, une maladie contagieuse régnait à Bologne et y causait une cruelle mortalité parmi les enfants.

Effrayé, le Dominiquin ne laissait plus sortir ses fils et cherchait à les distraire par tous les moyens possibles. Mais un soir, la fièvre s'empara du petit Alexandre, et le mal fit un progrès si rapide que, deux jours après, il était à l'agonie.

Accablé sous ce coup terrible, le pauvre père était penché sur le lit de son enfant, et suivait d'un œil hagard la décomposition de ce doux visage qu'il avait toujours vu si souriant et si beau.

— Qu'ai-je donc fait à Dieu, pour qu'il se plaise ainsi à torturer mon cœur? murmura-t-il en versant des larmes.

Puis, se tournant vers sa femme qui essayait en vain de le consoler, il reprit :

— Je te l'avais prédit, ma pauvre femme, tous les êtres qui me sont chers sont condamnés à la souffrance et au malheur. Ah! pourquoi ne suis-je point resté seul pour supporter mon fatal destin!

— Aux grands cœurs sont réservées les grandes épreuves, mon Dominico, tu le sais, répondit Marsibilia. Sache donc les supporter de manière à mériter la récompense promise par le Christ à toute âme courageuse et résignée.

Un léger soupir, s'échappant tout à coup des lèvres pâlies du jeune malade, vint interrompre cette conversation des pauvres parents, tous deux se penchèrent avec anxiété vers l'enfant, et un cri de suprême douleur s'exhala de leur âme accablée. Ce léger soupir qu'ils venaient d'entendre était le dernier....

— Plus d'espoir ! s'écrièrent-ils en embrassant cette petite tête bouclée qui désormais ne devait plus sourire à leurs caresses. Notre fils est mort.... Oh ! que Dieu nous vienne en aide pour supporter ce cruel malheur !

La courageuse mère prépara elle-même la couche mortuaire de son enfant ; et, l'y ayant déposé, elle l'environna de roses blanches et de branches de lys, image de l'âme innocente qui venait de s'envoler au ciel.

— Va te reposer, ma pauvre amie, dit le Dominiquin, lorsqu'elle eut accompli ce triste devoir. Quant à moi, je veillerai près de lui le reste de la nuit ; car je ne me sens pas la force de m'en séparer.

Ce qui se passa dans le cœur du noble artiste, lorsque, l'œil fixé sur les restes inanimés de son enfant, il passa plusieurs heures en présence du terrible mystère de la mort, Dieu seul le sait, car il avoua lui-même qu'une fièvre si violente s'était emparée de lui, que son esprit n'avait gardé aucun souvenir de ses impressions.

Le lendemain, il accompagna son fils jusqu'à sa dernière demeure, et revint chez lui morne et accablé, n'ayant plus même le courage de pleurer ni de prononcer une seule parole.

VII

De peur qu'il ne devînt victime de la contagion, le petit Dominico, dès que son frère était tombé malade, avait été conduit à une campagne voisine ; mais l'impitoyable mort parut se rire des précautions prises par les tendres parents. A peine huit jours s'étaient-ils écoulés qu'une nouvelle tombe se creusait près de celle du fils, si vivement regretté, et que l'on y déposait le cher petit ange qui était devenu l'unique consolation de son père et de sa mère.

Le Dominiquin faillit succomber sous le poids de ce nouveau malheur. La fièvre s'empara de lui avec tant de violence que, sans les soins assidus dont il fut environné par sa courageuse femme, l'Italie eût eu bientôt à regretter l'illustre peintre qui de-

vait l'enrichir encore de tant de chefs-
d'œuvre.

Frappé plus que jamais de cette idée qu'il
était né pour la souffrance, il s'attendait
chaque jour à de nouveaux malheurs et
s'effrayait parfois de voir sa femme se fatiguer
sans cesse à le soigner.

— Tu abuses de ta santé, ma pauvre amie,
lui disait-il ; songe donc que je n'ai plus que
toi en ce monde, et ne m'expose pas à pleurer
encore sur une tombe nouvelle.

— Tranquillise-toi, mon Dominico, répondait Marsibilia, je suis forte, et Dieu me vient
en aide. Je vivrai pour te consoler, pour
t'aimer, pour admirer les grandes œuvres que
doit créer encore ton sublime pinceau.

— La mort, en m'enlevant mes deux anges
inspirateurs, à détruit en moi toute puissance créatrice, soupira Zampieri en regardant le ciel ; mon génie les a suivis là-
haut, et le vide s'est fait en mon cœur.

Quand il fut à peu près rétabli, sa femme
essaya de le distraire en lui faisant faire
quelques promenades à la campagne ; mais
il paraissait complétement insensible aux

merveilles de cette belle nature dont il avait
toujours été l'ardent admirateur. Il marchait
le front incliné, et rien ne pouvait l'arracher
à ses tristes souvenirs.

Un jour, Marsibilia lui proposa d'aller
faire une visite à son cher Albane, qui était
venu très-souvent le voir pendant sa maladie; il tressaillit et murmura d'une voix
entrecoupée par les larmes :

— Non, non, la vue de son bonheur me
ferait mal.... Dieu lui a laissé ses quatre
enfants.... Heureux père! il peut sourire à
la vie, tandis que moi je ne sais plus que
verser des pleurs.

— O Jésus! ô Christ Sauveur! inspirez-moi
ce que je dois faire pour relever cette pauvre
âme désolée! soupira la pieuse femme.

Puis elle se retira dans sa chambre afin
de donner un libre cours aux larmes qui
oppressaient son cœur.

— Si je parvenais à le décider à reprendre
son pinceau, se dit-elle, lorsqu'elle se trouva
seule, peut-être trouverait-il dans le travail les consolations que j'essaie en vain de
lui donner ?

Faire renaître la confiance et l'inspiration dans ce beau génie, qui se croyait éteint à jamais, était une tâche assez difficile. Marsibilia ne se le dissimulait pas ; mais, comme toujours, elle mit son espoir dans la bonté de Dieu et redescendit auprès de son mari, bien résolue à tenter tous les moyens possibles pour arriver à la réussite de son projet.

— Demain, nous partons pour Florence, mon ami, lui dit-elle ; je ne puis te laisser davantage t'absorber ainsi dans tes douloureux souvenirs.

— Rien ne saurait me soustraire à ma peine, répondit le Dominiquin. C'en est fait, aucune lueur d'espoir ne doit plus se lever sur ma triste existence.

— Ce voyage te soulagera un peu, mon ami, j'en suis sûre, reprit Marsibilia : ainsi prépare-toi à partir demain.

Un long soupir fut la seule réponse de l'artiste ; mais sa femme comprit bien qu'il se résignait à l'accompagner et se mit aussitôt à préparer tout ce qui leur était nécessaire.

VIII

Les premières lueurs de l'aube blanchissaient à peine l'horizon, quand une voiture s'arrêta devant la demeure de Zampieri. Les malles furent aussitôt chargées, et l'artiste se soumit docilement à prendre place, avec sa femme, dans cette voiture qui allait l'éloigner pour quelques jours des petits tombeaux de ses enfants.

— Sur vous, ô mon Dieu, repose mon espérance ! murmura Marsibilia, lorsque les chevaux s'élancèrent au grand trot sur la route de Florence.

Puis elle se mit à réfléchir, tout en étudiant, de temps à autre, l'impression que faisaient sur son mari les sites magnifiques qui se déroulaient au loin.

Morne et silencieux, le Dominiquin pro-

mena d'abord un vague regard sur toutes
les merveilles de cette riche nature ; mais
peu à peu ses traits s'animèrent, et la lueur
du génie reparut dans son œil profond.

— N'ai-je pas eu raison de songer à faire
ce voyage, mon Dominico ? lui demanda sa
femme, dès qu'elle se fut aperçue de l'heureux changement qui venait de s'opérer en
lui.

— Ton cœur est si bon, chère amie, qu'il
sait toujours imaginer des remèdes salutaires
aux blessures de ceux que tu aimes, répondit l'artiste d'une voix émue. La belle
nature, avec sa splendide lumière et sa brise
embaumée commence à ramener la vie en
mon âme et à lui inspirer amour et confiance.

— Merci, mon Dieu, merci ! murmura la
digne femme, vous l'appelez à vous par la
voix de vos œuvres sublimes ; que votre
miséricorde soit bénie à jamais !

Dès leur arrivée à Florence, Marsibilia
témoigna à son mari le désir de visiter la
fameuse galerie du grand-duc de Toscane.

— Tu m'as parlé si souvent, lui dit-elle,
des Raphaëls qui enrichissent cette galerie,

que ce me sera un véritable bonheur de les admirer avec toi.

Le Dominiquin accepta la proposition de sa femme avec d'autant plus d'empressement qu'il se réjouissait vivement lui-même de contempler de nouveau ces chefs-d'œuvre qu'il avait étudiés dans sa jeunesse pendant un court séjour qu'il avait fait à Florence.

— C'est là que l'on peut le mieux apprécier Raphaël dans la diversité de ses manières et de ses sujets, dit Zampieri, en introduisant sa femme sous les voûtes du palais Pitti.

Ils s'arrêtèrent d'abord devant la *Madona della Seggiola*, et le Dominiquin s'écria avec un enthousiasme qui tenait presque du délire :

— Quelle grâce dans cette madone ! quelle délicatesse de traits, quelle expression divine ! quelle harmonie de couleurs. Non, non, rien n'égalera jamais la suavité de cette Vierge, la majesté de l'enfant Jésus, l'onction, l'ardente dévotion répandue sur ce saint Jean ! Tout est prophétique dans ces deux enfants : l'un déroule dans sa pensée toutes les destinées du monde, l'autre y voit déjà toute la sienne.

Cette exaltation de l'artiste fit sourire de joie la bonne Marsibilia. Elle revoyait donc enfin son mari tel qu'elle l'avait aimé autrefois! Elle pouvait admirer de nouveau ce grand génie que la flamme sublime de l'art venait de régénérer si merveilleusement.

— Gloire à toi, ô Raphaël! dit-elle dans le secret de son cœur; gloire à toi, astre immortel qu'aucun artiste ne peut contempler sans renaître à la vie et à l'inspiration.

— Admire, mon amie, cet autre *Saint-Jean*, reprit le Dominiquin en désignant à sa femme le tableau voisin. Ici c'est l'enfant du désert et de la pénitence. Le voilà debout au milieu d'une nature sauvage; ses membres jeunes et gracieux sont pourtant endurcis à la fatigue; quelle vigueur dans le coloris! Les intempéries qu'il brave ont chassé de son visage les teintes délicates de l'adolescence; sa bouche s'entr'ouvre pour annoncer le salut du monde, et le mouvement de ses sourcils exprime sa tristesse de parler trop en vain. Tous les temps se ren-

contrent dans son regard, son expression est
à la fois naïve et sérieuse ; c'est un enfant
et c'est un homme ; c'est un homme par le
dévouement, c'est un enfant par l'âge, et
on sent toute la sagesse humaine confondue
par une seule des pensées qui se lisent sur
son front. D'une main il tient le rouleau qui
contient la bonne nouvelle, et de l'autre la
croix, la croix qui n'est encore qu'un roseau
brisé, roseau lumineux que nous voyons se
détacher sur ce fond obscur. Oh! c'est bien là
l'œuvre du peintre sublime qui s'est élevé à
travers l'infini jusqu'à la beauté divine! Voici
maintenant l'étonnante *Vision d'Ezéchiel*,
continua Zampieri en s'arrêtant devant un
petit tableau également dû au pinceau de
Raphaël. C'est là un des plus admirables
poëmes que le génie de la peinture ait jamais
conçus. Contemple ces torrents de lumière
qui éblouissent le regard. A cette vue, ne se
sent-on pas comme saisi par le bras de feu
qui soulevait le prophète? Ce n'est pas seulement la couleur qui étonne : le dessin de ce
petit tableau est d'une énergie, d'une hardiesse, d'une richesse incomparables. Voilà

bien Jéhovah, c'est bien le vrai Dieu de
l'ancien Testament qui s'est révélé à Raphaël,
plus poëte encore ici que peintre. C'est toute
la sublimité de l'ode, c'est une strophe ré-
pétée des divins concerts. Ailleurs l'immortel artiste a pu faire bien, mais jamais il ne
s'est élevé plus haut.

Le Dominiquin passa ainsi plus de deux
heures dans un ravissement qui éveillait en
lui tout un monde de pensées sublimes.

— Si demain nous partions pour Parme?
lui dit sa femme, lorsqu'ils furent de retour
à leur hôtel; je serais si heureuse, mon
Dominico, de contempler aussi avec toi les
deux immortels chefs-d'œuvre du noble
Corrège.

— Avoue, ma chère Marsibilia, qu'en me
remettant ainsi en présence des principaux
chefs-d'œuvre en peinture, ton but est de
me décider à reprendre mon pinceau, répondit Zampieri; réjouis-toi donc, tes vœux
ont été entendus par le ciel; je sens maintenant en moi une nouvelle inspiration qui, je
l'espère, ne tardera pas à produire de nobles
fruits. Demain, nous irons à Parme, puisque

tu le désires; et là je compléterai ma régé-
nération par l'étude des grandes œuvres du
modeste Corrège.

— Dieu est bon, mon Dominico, reprit
Marsibilia; tu le vois, il a exaucé ma prière,
et sa main miséricordieuse s'est abaissée
vers toi.

— Et j'obéirai à son appel, mon amie; je
te le promets, dit Zampieri d'une voix profondément émue; je veux l'honorer par mon
ardente activité, je veux le glorifier par mes
œuvres.

IX

Le Dominiquin n'avait point contemplé
encore les deux admirables coupoles qui
immortalisent le nom du Corrège; on peut
donc s'imaginer avec quels transports d'enthousiasme il salua ces majestueuses peintures qui représentent, l'une l'*Ascension de
Jésus-Christ*, l'autre l'*Assomption de la
Vierge*.

Ce qui le frappa le plus dans l'*Ascension*,
c'est la majesté glorieuse de la figure du
Christ.

— Que cette tête exprime bien la sagesse
divine, dit-il; comme cette divine sagesse
s'y trouve bien en parfaite harmonie avec la
raison humaine, quoique infiniment supé-
rieure à elle ! Quelle riche ordonnance dans
la composition de ce vaste ouvrage ! quel

coloris frais et vigoureux ! comme la finesse de l'expression de ces têtes s'unit bien à l'ensemble ravissant de l'œuvre !

Il admira également, dans l'*Assomption de la Vierge*, la souplesse et le naturel des carnations, la grâce et l'élégance avec lesquelles étaient groupés les différents personnages.

— Puisse mon Dominico se décider à entreprendre un jour une œuvre de ce genre, lui dit sa femme, quand il eut donné un libre cours a son admiration ; cela le consolerait de ses peines passées et lui inspirerait le courage de supporter avec résignation les épreuves que peut encore lui réserver l'avenir.

— C'est ainsi que se consolait le noble Corrège, répondit Zampieri ; mais je doute que je puisse avoir sa persévérante activité, si jamais je me trouvais comme lui condamné à lutter à la fois avec la misère, l'injustice et l'isolement.

— Si, à l'exemple du pieux Corrège, tu consacrais tes travaux à la gloire de Dieu, il viendrait à ton aide aux jours d'affliction,

reprit Marsibilia ; courage donc, mon Dominico ! que l'inspiration divine anime ton puissant génie, et tu te rendras digne d'être
immortalisé sur la terre et récompensé dans
le ciel.

De retour à Bologne, le Dominiquin, qui
se sentait disposé à travailler avec plus d'ardeur que jamais, prit la résolution de partir
pour Rome avec sa femme, afin d'y entreprendre quelque grand ouvrage et d'assurer
ainsi sa gloire.

Il communiqua son projet à l'Albane, et
celui-ci l'ayant encouragé à le mettre aussitôt
à exécution, il partit, après avoir dit adieu
aux petits tombeaux de ses enfants et re-
commandé ses vieux parents à son bon et
fidèle ami.

Zampieri espérait que sa longue absence
aurait, sinon désarmé, au moins dérouté
l'envie. Il n'en était rien, cependant, comme
nous le verrons plus tard.

On venait de terminer l'église de Saint-
André-della-Valle, et le cardinal de Montal,
qui l'avait fait bâtir, fit choix du Dominiquin
pour embellir cette église.

Le peintre se surpassa dans ses fresques, qui font encore aujourd'hui l'admiration de tous les étrangers qui visitent Rome. Les *Quatre Evangélistes*, représentés sur les pendentifs de la coupole, et le grand tableau du *Martyre de sainte Agnès* obtinrent tous les éloges qu'ils méritaient.

Marsibilia était heureuse de ce triomphe de son mari, et elle se félicitait en son cœur des efforts qu'elle avait faits pour ranimer en lui le courage et l'inspiration.

Ce fut vers cette époque que la naissance d'une fille vint répandre la joie dans le modeste intérieur du Dominiquin. Cette gracieuse enfant était pour lui comme l'aurore d'un avenir nouveau où il pourrait jouir de la vie, tout en continuant à se livrer à ses glorieux travaux. Mais il devait bientôt se voir troubler de nouveau dans ses rêves de bonheur

Par une fatalité qui n'était réservée qu'à l'artiste seul, au moment où il se préparait à mettre le sceau à sa gloire par les peintures du dôme de l'église Saint-André-della-Valle, Lanfranc, l'adroit et envieux Lanfranc se fit attribuer cette importante mission.

Cette disgrâce imméritée faillit faire retomber le noble artiste dans un complet découragement; mais, soutenu par les consolations que lui prodigua sa femme, pressé par la pensée qu'il devait sans relâche travailler à préparer un sort heureux à sa petite Francesca, il surmonta son accablement et reprit son pinceau après quelques jours de repos.

X

On doit se rappeler que le premier enfant de Zampieri avait été tenu sur les fonts du baptême par Alexandre Ludovisio.

Le pape Paul V étant mort depuis peu, Alexandre lui succéda sous le nom de Grégoire XV, le 9 février 1621. Il était âgé de soixante-sept ans, mais il jouissait encore de la plénitude de ses facultés. Doué d'un grand cœur et d'un esprit élevé, il commença son pontificat par la création de la belle œuvre de la Propagation de la foi et par l'érection de l'évêché de Paris en métropole.

Il devint également le zélé protecteur des arts et des sciences, et s'occupa activement de la canonisation de saint Ignace, de saint François Xavier, de saint Philippe de Néri et de sainte Thérèse.

Le Dominiquin ne pouvait donc manquer
de trouver un puissant appui dans le nouveau pape, aussi s'empressa-t-il d'aller le voir
et de lui raconter l'injustice dont il avait été
victime quelque temps avant, au sujet du
dôme de l'église Saint-André.

— Consolez-vous, cher fils, lui dit Grégoire XV, nous avons un moyen de réparer
cette injustice, c'est de vous nommer architecte du palais pontifical.

Zampieri remercia chaleureusement Sa
Sainteté de la haute faveur qu'elle lui accor-
dait et courut annoncer à sa femme l'heureuse
nouvelle.

— Tu pourras maintenant vivre en paix à
l'ombre de ce puissant protecteur, mon Dominico, dit la bonne Marsibilia, quand il
lui eut dépeint l'affectueux accueil qui lui
avait été fait par Grégoire XV. Mets-toi donc
au travail avec courage, et ne te trouble
plus à la pensée de tes ennemis.

L'existence du grand artiste fut en effet
plus calme avec cet honorable emploi qui
assurait le bien-être à sa famille. Sa petite
Francesca croissait chaque jour en grâces

et en gentillesses , sa femme dirigeait sa maison avec une sage prévoyance, c'était le bonheur parfait pour l'âme aimante du modeste Zampieri.

Malheureusement ce bonheur ne devait durer que deux ans. Grégoire XV mourut presque subitement, et le Dominiquin se revit ainsi livré de nouveau aux audacieuses persécutions de l'envie.

Dégoûté du séjour de Rome, il songea alors à solliciter au dehors, afin d'obtenir quelque grande entreprise qui put augmenter sa gloire. Quelle ne fut pas sa joie, lorsqu'après plusieurs mois d'attente, il reçut une lettre par laquelle on lui offrait de se rendre à Naples pour peindre le fameux dôme de Saint-Janvier.

— Nous sommes sauvés , chère amie ! dit-il à sa femme, cette œuvre gigantesque sera mon triomphe et assurera à notre fille une honnête fortune.

— Oublies-tu donc que les artistes napolitains ont formé une sorte de conjuration contre tout artiste étranger qui tenterait de venir parmi eux ? répondit Marsibilia, je t'en prie, mon Dominico, renonce à ce projet dont l'exécution nous serait sûrement fatale.

— Aucun ennemi ne peut être plus acharné que ceux qui me persécutent ici, répliqua Zampieri. Que me pourra d'ailleurs la conjuration dont tu parles, si, comme je l'espère, mes travaux sont dignes de l'admiration générale ?

— Avant de rien décider à cet égard, consulte les quelques amis que tu as à Rome, mon pauvre Dominico, reprit Marsibilia. Tu as déjà tant souffert que tu ne peux prendre trop de précautions pour ne point t'exposer à de nouvelles épreuves.

L'Albane, qui se trouvait à Rome depuis quelque temps, entra en ce moment. Zampieri lui communiqua avec enthousiasme la proposition qui lui était faite et attendit sa réponse avec une visible anxiété.

— Te sens-tu le courage, mon ami, de partager le sort que les artistes napolitains ont fait à Annibal Carrache, au Guide et au Jusépin, répondit l'Albane, accepte l'offre brillante qui t'est faite ; mais pour peu que tu faiblisses à la pensée de tremper tes lèvres à la coupe amère des persécutions, renonce à tout projet, lors même que tu espérerais te voir couronné un jour d'une gloire éclatante. Ecoute donc les prudents conseils de ta femme et continue de gérer ton emploi d'architecte, tout en créant de temps en temps quelqu'un des chefs-d'œuvre par lesquels doit s'immortaliser ton nom.

— Non, non, je ne puis plus demeurer à Rome, repartit vivement le Dominiquin; mon emploi d'architecte du palais pontifical est presque nul depuis la mort de Grégoire XV, et déjà l'envie, me voyant sans appui, recommence à se déchaîner contre moi.

— Et tu espères être plus heureux à Naples, mon pauvre ami? reprit tristement l'Albane; pars donc, mais je te prédis qu'il te sera impossible d'y accomplir ton œuvre.

En vain Marsibilia joignit sa voix à celle de l'amitié pour détourner son mari de l'exécution de son projet, il demeura inébranlable et fixa, ce même soir, le jour du départ.

La courageuse femme se résigna; mais il était facile de voir à son air accablé, qu'elle n'entrevoyait que souffrances dans ce changement de position.

C'était en effet l'époque où Ribera, Lanfranc, Corenzo et Caraccioli avaient formé leur redoutable triumvirat pour éloigner de Naples tous les artistes étrangers qui tenteraient de leur ravir une gloire et des profits qu'ils croyaient n'être dûs qu'à eux.

Ribera, le chef de la conjuration, avait atteint le plus haut degré de prospérité où l'homme puisse atteindre ; il possédait la fortune et la gloire. L'étudiant déguenillé, qui naguère vendait ses petits tableaux dans les rues de Rome, était devenu le plus opulent, le plus fastueux des artistes, l'égal des princes et des grands.

Il avait une maison montée sur le plus grand pied, et sa femme ne sortait jamais qu'en carosse avec un écuyer à chaque portière. Il donnait de brillantes soirées, où se pressaient les hommes les plus distingués par la naissance et par le talent ; le vice-roi lui-même s'y montrait souvent.

« On pourrait croire, dit un biographe, que cet homme si riche, si célèbre, qui

avait obtenu toutes les distinctions , tous les
honneurs que son art pouvait lui procurer,
que l'Académie de Saint-Luc à Rome avait
reçu au nombre de ses membres, que le Pape
avait décoré de l'ordre du Christ , ne devait
porter envie à personne. Il n'en fut cependant pas ainsi , et l'on ne saurait blâmer avec
trop de sévérité la jalousie effrénée que Ribera
éprouva pour les écoles rivales de la sienne. »

Ce fut ce redoutable ennemi que vint
affronter le pauvre Dominiquin en acceptant
l'offre qu'on lui avait faite de concourir avec
cet artiste aux célèbres décorations du dôme
de Saint-Janvier.

Dès son arrivée à Naples, Zampieri s'installa modestement, avec sa femme et sa
fille , dans une maison voisine de l'église où
il devait travailler, espérant qu'avec cette
apparence de médiocrité, il exciterait moins
vite la jalousie de ses adversaires. Mais il
n'eut pas plutôt commencé son œuvre gigantesque, à laquelle il s'appliquait sans relâche , que la persécution s'attacha à lui et
lui suscita des obstacles de tous genres.

— Il faut que ce Dominiquin soit au plus

vite expulsé de Naples, dit un jour Ribera en entrant tout irrité dans les appartements de sa femme. Je veux perdre mon nom si, avant peu, je ne parviens point à lui faire partager le sort de ses fameux devanciers.

— Quoi, vous verriez une comparaison possible entre vos œuvres et celles de ce misérable artiste, dont la femme fait elle-même son marché et promène son enfant avec l'humble apparence d'une bonne? répondit Mme Ribera avec un sourire de mépris.

— Ne riez pas, Marguarita, je vous en prie! reprit le peintre en se promenant avec une agitation croissante. Sachez que, si je n'arrive pas à faire chasser de Naples cet artiste dont la renommée est déjà univer-selle, je me verrai avant peu complétement éclipsé par lui.

— Ceci est sérieux, je l'avoue, repartit la grande dame; mais il me semble que vous avez assez de puissance pour vous débar-rasser promptement de ce peintre importun.

Irrité du ton de plaisanterie avec lequel sa femme venait de prononcer ces dernières paroles, Ribera la quitta et courut chez

Lanfranc, qui, lui aussi, travaillait aux décorations du dôme de Saint-Janvier.

— Je devine le but de votre visite, dit Lanfranc lorsqu'il eut aperçu son glorieux rival : l'œuvre de Zampieri vous inquiète, et cela ne m'étonne nullement, car moi-même, qui l'étudie sérieusement depuis quelques jours, je n'ai plus un instant de repos.

— Laisserons-nous donc accomplir ce chef-d'œuvre qu'il nous est impossible d'égaler ? s'écria Ribera avec une exaltation pleine de haine.

— Non, non, répondit Lanfranc, il faut que l'artiste étranger disparaisse avant que ses travaux soient assez complets pour être appréciés. Quant à moi, je me charge de lui rendre sa tâche si pénible qu'il se verra forcé de l'abandonner, lors même que le vice-roi se refuserait à lui en signifier l'ordre.

Pendant que ce complot se tramait contre le Dominiquin, celui-ci se reposait en famille de sa laborieuse journée. Il s'était bien aperçu déjà de l'irritation jalouse qu'excitaient chez ses adversaires ses admirables peintures ;

mais il avait une telle confiance dans le
mérite de ses travaux, qu'il croyait n'avoir
rien à redouter.

Ce jour-là, il était rentré chez lui avec
la satisfaction d'un homme qui a conscience
du bon emploi qu'il a fait de son temps. Il
avait trouvé sa femme heureuse et souriante ;
sa petite Francesca, alors âgée de cinq ans,
était accourue sur ses genoux pour lui prodiguer, comme à l'ordinaire, ses gentilles
caresses : comment aurait-il pu supposer
que le bonheur de son modeste intérieur
était de nouveau menacé?

— Réjouis-toi, mon amie, dit-il à sa
femme, mes travaux seront couronnés de
gloire. Comme la digne femme du Corrège,
tu pourras un jour contempler avec un juste
orgueil l'œuvre de celui dont tu partages
si courageusement la triste destinée.

— Es-tu bien sûr, mon Dominico, que tu
pourras accomplir cette œuvre sans obstacle? demanda Marsibilia avec un peu
d'inquiétude.

— Le vice-roi me protégerait certaine-
ment si mes adversaires tentaient de me

persécuter, répondit Zampieri ; ce matin encore, il est venu visiter mes travaux et m'en a félicité de la manière la plus flatteuse.

— Que Dieu lui-même te protége et te défende, mon pauvre ami ! reprit la pieuse femme d'une voix émue.

Puis elle garda le silence ; mais il était facile de voir qu'elle ne partageait pas complétement la sécurité de son mari.

XI

Le lendemain, commença pour le Dominiquin le long et cruel martyre sous lequel il
devait succomber.

Les premières lueurs de l'aurore éclai-
raient à peine l'horizon, lorsque son pas
retentit sous la voûte de l'église encore
solitaire. Ses nobles travaux de la veille lui
avaient laissé un si bon souvenir qu'il se
sentait pressé de se retrouver en présence
de son œuvre, afin de l'enrichir des nouvelles inspirations qui s'étaient emparées de
son puissant esprit.

Il gravit vivement les nombreux échelons
de l'échelle qui doit le conduire à son écha-
faudage ; mais tout à coup un cri de stupeur
et d'indignation s'échappe de sa poitrine
haletante : une main infâme a touché à ses

peintures et les a tellement mutilées qu'à peine il peut les reconnaître !

— O Dieu ! permettrez-vous que je sois ainsi victime de mes cruels ennemis ! s'écriat-il d'une voix entrecoupée par de douloureux sanglots. Chaque jour je sanctifiais mes travaux par la pensée qu'ils vous étaient agréables, et voilà que votre regard de miséricorde s'est détourné de votre fidèle serviteur ; voilà que vous le laissez sans défense entre les mains de ses audacieux persécuteurs !

Un peu soulagé par ces plaintes échappées de son cœur comme de véritables gémissements, le pauvre Zampieri s'empara d'une main fiévreuse de son sublime pinceau et se mit à rétablir dans sa beauté première ce précieux chef-d'œuvre sur lequel il faisait reposer toute sa gloire. Ce travail finit par l'absorber si profondément qu'il s'aperçut à peine de la présence de Lanfranc et de Ribera, quand, deux heures après, ils vinrent reprendre leur tâche sous le vaste dôme.

Quelle ne fut pas la surprise de ces derniers, lorsqu'ayant jeté un regard curieux sur l'œuvre du courageux artiste, ils la virent resplendir de nouveau, dans son harmonieuse pureté.

— J'avais espéré le retarder dans son ouvrage jusqu'à ce que nous eussions obtenu son expulsion, dit Lanfranc, en s'adressant à demi voix à Ribera; mais je m'aperçois que je n'ai pas poussé assez loin mon travail destructeur; car déjà le voilà à peu près disparu.

— Aura-t-il donc la lâcheté de ne pas se plaindre de cette offense? répondit Ribera en haussant les épaules avec mépris. Il doit avoir parfaitement compris que nous en sommes les auteurs, et il ne semble nullement se préoccuper de notre arrivée.

— Je vous promets de mettre sa bénigne patience à de si dures épreuves qu'elle finira par être vaincue, repartit Lanfranc; mais en attendant, continuez activement vos démarches auprès du vice-roi; car il faut au plus tôt nous débarrasser de ce dangereux artiste.

— Malheureusement le vice-roi a vu ses peintures, reprit Ribera; il en est si enthousiasmé qu'il se décidera difficilement à nous accorder l'ordre de son expulsion de Naples.

— S'il en est ainsi, je me charge seul de l'affaire, répondit Lanfranc.

Et les deux artistes se séparèrent sans que le Dominiquin eût paru s'apercevoir de leur présence.

Le soir, il revint chez lui, brisé de fatigue et de douleur.

— Nous sommes perdus! dit-il à sa femme.

Et il lui raconta ce qui lui était arrivé.

— Et tu as supporté en silence cette infâme persécution, mon pauvre ami ! s'écria vivement Marsibilia.

— J'ai craint les suites qu'aurait pu avoir l'explosion de ma colère contenue depuis deux heures, répondit Zampieri ; un artiste ne peut, sans s'avilir, s'exposer à ces scènes de violence.

— Mais demain, mais après, ils vont renouveler leurs odieux procédés, mon Dominico ! reprit la pauvre femme ; tu ne pourras supporter longtemps ce martyre. Ah ! tu avais raison, nous sommes perdus !

— Si le vice-roi connaissait leur indigne

conduite, peut-être me prendrait-il sous sa protection, et alors...

— Je cours à l'instant même implorer de lui une audience, interrompit Marsibilia.

Et sans écouter les représentations que lui faisait son mari sur les difficultés qui s'opposaient à son introduction près du prince, elle fit une modeste toilette et partit précipitamment.

Le Dominiquin s'était trompé en pensant que sa femme parviendrait difficilement à obtenir une audience du vice-roi ; car, dès qu'elle lui eut été annoncée, il la fit entrer et la reçut même avec beaucoup de bonté. Cependant, quand elle eut formulé son accusation contre Ribera et Lanfranc, le prince prit une attitude assez sévère et répondit qu'il ne pouvait croire à une telle infamie de la part de deux artistes qui toujours s'étaient montrés on ne peut plus honorables.

— Tout ce que je puis vous promettre, Madame, lui dit-il en terminant, c'est que jamais je n'accorderai ma signature pour le renvoi de votre mari.

La pauvre femme avait espéré de sa dé-
marche un succès plus complet ; aussi ne
put-elle, sans verser des larmes, en raconter
à son mari le triste résultat.

— Il me laisse donc livré sans défense
aux indignes persécutions de mes adversaires ! s'écria douloureusement Zampieri ;
à quoi me servira sa permission de terminer
mon œuvre, si on finit par me rendre le
séjour de Naples impossible ?

XII

Il serait trop long d'entrer dans les détails
des entraves et des difficultés que suscitèrent
au Dominiquin ses impitoyables ennemis,
lorsqu'ils furent convaincus que leur rival
ne serait point expulsé par le vice-roi. Nous
nous bornerons donc à citer un seul fait , et
cela suffira, nous le pensons, pour donner
une idée du cruel martyre que le noble
artiste eut à supporter.

Afin que l'on ne vînt plus toucher à ses
travaux, Zampieri avait jugé à propos de les
faire surveiller pendant son absence. Ce
moyen de nuire au laborieux artiste ayant
été ainsi enlevé à ses persécuteurs, Ribera
en imagina un autre plus odieux encore.

Un jour, il vint trouver l'ouvrier chargé
par le Dominiquin de confectionner ses

enduits et lui dit, en lui présentant une
bourse où brillaient un certain nombre de
pièces d'or :

— Consens à mêler, chaque matin, une
poignée de cendre à la chaux que tu em-
ploies, et ceci est à toi.

L'ouvrier fit d'abord quelques objections ;
mais la vue de l'or le tenta, et il promit de
faire ce que l'on exigeait de lui.

Pendant plusieurs jours, Zampieri continua de travailler sans rien remarquer ;
mais, les peintures ayant eu le temps de
sécher, il les examina avec attention et faillit
s'évanouir à la vue des nombreuses gerçures
dont elles se trouvaient sillonnées.

Il revint chez lui, plongé dans un désespoir si effrayant que Marsibilia se demanda
s'il n'aurait pas perdu l'esprit.

— Il ne leur reste plus qu'à me donner la
mort, répondait-il à toutes les consolations
que sa femme et sa fille essayaient de lui
donner.

Puis il murmurait des paroles sans suite
qu'il entremêlait de sanglots douloureux.
Tout à coup il se leva, attira sur son cœur

sa petite Francesca et s'écria avec l'accent du délire :

— C'en est fait, il faut que je prenne la fuite, que j'aille chercher ailleurs du travail ; car je ne me sens plus le courage de continuer mon œuvre. Adieu donc, vous que j'aime, adieu, anges consolateurs, que l'impénétrable volonté de Dieu a associés à ma triste destinée ! recevez ma bénédiction ; bientôt, je l'espère, ma nouvelle position me permettra de vous appeler auprès de moi.

— Non, non, je ne te quitterai pas ! répondit la pauvre Marsibilia en se jetant éplorée dans les bras de son mari. Tu l'as dit, Dieu nous a associées à ta destinée, c'est pourquoi nous voulons te suivre afin de partager avec toi les épreuves que peut encore te réserver l'avenir.

— Impossible ! dit énergiquement le Dominiquin ; ma seule consolation est d'avoir pu jusqu'ici vous soustraire à la misère, et je ne veux point m'exposer à la douleur de la voir s'avancer vers vous.

Marsibilia comprit bien qu'elle devait se

résigner à la cruelle séparation; et, faisant un effort suprême sur elle-même, elle se mit aussitôt à faire les préparatifs du voyage, selon le désir de son mari qui voulait profiter des ombres de la nuit pour s'enfuir de Naples.

Zampieri avait reçu peu de temps avant un à-compte assez considérable sur ses travaux du dôme de Saint-Janvier; il en laissa la plus forte partie à sa femme et à sa fille et les quitta sans trop savoir vers quelle ville il se dirigerait.

Il songea d'abord à retourner à Bologne; mais, ses parents étant morts depuis plusieurs années, il ne pouvait plus compter que sur l'affection de l'Albane; car il savait qu'il ne devait rien espérer de ses concitoyens.

— Je ne puis ainsi abuser du dévouement de mon unique ami, se dit-il; je souffrirais trop si, ne parvenant pas à me créer une position, je restais longtemps à sa charge.

Enfin, après avoir mûrement réfléchi, il se décida à partir pour Rome, y entrevoyant plus de chances de succès que dans aucune autre ville.

Cependant son séjour à Rome fut de

courte durée ; car il ne tarda pas à s'apercevoir que, séparé ainsi de sa femme et de sa fille, il n'aurait jamais l'énergie nécessaire à la création d'une œuvre assez importante pour qu'elle pût assurer l'avenir de sa famille.

Son imagination d'ailleurs lui retraçait si vivement les sublimes beautés de ses peintures du dôme de Saint-Janvier, qu'il s'accusait de lâcheté de les avoir interrompues.

— Dussé-je succomber à la tâche, se dit-il, je retournerai à Naples afin d'y terminer mon œuvre ; car, sûrement, elle sera mon plus beau titre à l'immortalité. Il écrivit donc à sa femme pour lui annoncer son prochain retour et quitta Rome, bien décidé à lutter avec courage contre les obstacles que pourraient lui susciter encore ses audacieux adversaires.

Quelle ne fut pas la déception de Ribera et de Lanfranc, lorsqu'un matin, ils aperçurent le Dominiquin debout sur ses échafaudages et travaillant avec plus d'ardeur que jamais.

Le jour où ils avaient appris la fuite du

noble artiste, ils s'étaient réjouis du succès de leur cruelle entreprise. Depuis, ils avaient espéré que l'œuvre commencée serait bientôt effacée par ordre du vice-roi, et qu'ils se verraient ainsi chargés des décorations de cette partie du dôme. Mais le retour inattendu de l'illustre peintre venait de détruire tout-à-coup leur rêve ambitieux, et ils se voyaient de nouveau exposés à être éclipsés par lui.

— Il veut donc boire jusqu'à la lie la coupe d'amertume que nous lui avons préparée ! murmura Lanfranc avec une sourde fureur.

Puis, ne pouvant plus se contenir, il s'écria assez haut pour être entendu de Zampieri :

— Malheur ! oui malheur à lui !

A cette odieuse menace, le cœur de l'artiste se troubla, un sombre effroi s'empara de son puissant esprit et ne lui laissa plus, dès ce jour, un seul moment de repos.

Telle était la terreur que lui inspirait l'acharnement de ses bourreaux, qu'il se crut forcé de préparer lui-même ses aliments pour ne pas être empoisonné par une main vendue.

— Crois-tu donc que je ne veille pas sur tes jours avec autant de sollicitude que tu peux le faire, mon pauvre Dominico? lui disait parfois sa femme. Et notre chère Francesca n'est-elle pas là aussi pour te servir et éloigner de toi tout danger?

— Vous êtes toutes deux trop bonnes, trop éloignées du mal pour prévoir jusqu'où peut aller le crime, répondait l'artiste. Laissez-moi le soin de me sauvegarder contre mes ennemis.

Ce martyre du noble artiste dura plus d'une année encore; mais, un jour, il est pris de violentes douleurs d'entrailles. Effrayé, il fait appeler un médecin, qui aussitôt ordonne divers remèdes. Marsibilia le questionne sur la cause et la gravité du mal, il secoue mystérieusement la tête et ne répond que par des phrases décousues, à peu près incompréhensibles.

— N'y aurait-il donc plus d'espoir? se dit la pauvre femme en étouffant les sanglots prêts à s'échapper de son cœur brisé.

Puis, élevant ses regards vers le ciel, elle murmura de ferventes prières, tout en prodiguant à son mari les soins empressés que réclamait la gravité de son état... Tout fut inutile !

Vers le soir du même jour, c'est-à-dire le 15 avril 1641, le Dominiquin rendait sa belle âme à Dieu, après avoir reçu les divines consolations des Sacrements de l'Eglise. Il était âgé de soixante ans à peine.

Une opinion, généralement accréditée, est qu'il succomba à ce poison qu'il s'était efforcé d'éviter. Cependant aucun biographe n'ose l'affirmer, pas même Vasari qui est contemporain du grand artiste.

Telle fut la vie de ce peintre célèbre dont on ne peut prononcer le nom sans éprouver un profond sentiment de tristesse et d'admiration. Les indignes persécutions qu'il avait eues à subir pendant sa laborieuse existence, le poursuivirent même au delà de la tombe. Lanfranc eut assez de crédit pour faire effacer les ouvrages commencés par son sublime pinceau dans l'église de Saint-Janvier et pour y substituer ses propres peintures; et le vice-roi espagnol, sans respect pour la mémoire du créateur de la *Commu-*

nion de Saint-Jérôme, exigea de sa veuve le remboursement des sommes qu'il avait touchées par à-comptes.

« Le Dominiquin, dit un biographe, a laissé une infinité de travaux qui tous témoignent victorieusement de sa rare habileté dans tous les genres de peintures.

» Son dessin, dont il paraît avoir puisé le goût autant dans la nature que dans l'étude de l'antique est grand et noble ; ses groupes sont bien ordonnés ; ses draperies, jetées avec grâce, ont de l'ampleur et de la majesté, et semblent cependant de la plus grande simplicité ; son coloris est généralement plein de fraîcheur ; il ne sent nullement la fatigue, parce que la pratique de ce peintre était le fruit de la plus profonde réflexion.

» Ce grand artiste, le premier de la célèbre école des Carrache, doit occuper une des places les plus distinguées dans les fastes de la peinture où son talent le fait placer à côté de Raphaël. »

———

LÉONARD DE VINCI

LÉONARD DE VINCI

I

Léonardo de Vinci naquit au château de
Vinci, dans le val d'Arno, près de Florence,
vers l'an 1450.

Vasari, qui le connut personnellement, le
dépeint ainsi dans son *Histoire des peintres
célèbres :* « Le ciel se plaît parfois à rassem-
bler sur un seul mortel ses dons les plus précieux et marque d'une telle empreinte toutes
les actions de cet heureux privilégié, qu'elles
semblent moins témoigner de la puissance
du génie humain que de la faveur spéciale
de Dieu. Léonardo de Vinci fut l'un de ces
élus. Doué des facultés les plus admirables,

plein d'énergie et de volonté, vigoureux de corps, infatigable d'esprit, précoce en tout, il s'adonna aux diverses études qui peuvent occuper le génie de l'homme. »

Mais le plus précieux bienfait dont la Providence eut favorisé le grand artiste, fut le bonheur de devoir le jour à des parents capables de cultiver en son cœur et en son esprit les célestes germes qui y avaient été déposés. Comme on voit, au printemps, une plante majestueuse, croître chaque jour sous les bons soins d'une main dévouée, ainsi s'épanouit cette jeune âme sous l'influence des caresses de la plus tendre des mères, et des conseils du plus sage, du plus éclairé des pères.

Notaire de la seigneurie de Florence, sir Piétro de Vinci attachait une telle importance à diriger lui-même la première éducation de son fils, qu'il abandonnait souvent ses plus graves occupations pour travailler à développer en sa jeune intelligence les précoces talents qu'il y voyait poindre. Dès que le sage père eut deviné la véritable tendance de ce génie naissant, il ne songea plus qu'à favori-

ser ses heureuses dispositions. Etant persuadé que la nature est le seul livre où
l'artiste doit former son goût et puiser l'inspiration, Piétro de Vinci emmenait souvent
son fils dans les campagnes environnantes,
et là, il se plaisait à lui faire admirer les
splendeurs des œuvres de Dieu, et à lui en
faire pressentir les sublimes mystères.

— Tu le vois, cher enfant, lui disait-il,
la nature, le silence et la solitude sont trois
chemins qui mènent à Dieu. Alors qu'à la
campagne, nous les rencontrons réunis,
ainsi qu'un faible oiseau trouvant une brise
propice pour essayer ses forces, notre âme
cherche à s'élever à l'Eternel sur l'aile de
la prière. Un beau site, une fraîche matinée
semble nous rendre les vertus ingénues de
l'enfance; le calme qui nous entoure se
glisse dans notre sein. C'est un lac apaisé
que la vase ne souille plus, qu'aucun vent
n'agite et qui reflète à sa surface la paix de
la terre et la pureté du ciel. Nous n'avons
pas un seul désir que nous ne puissions
avouer, et pas un mauvais penchant dont
nous ne soyons maîtres; notre pensée se

berce sur de douces espérances, et s'élève vers la Providence dans une délicieuse confiance en sa bonté. Il semble que nous voyons les habitants d'un monde meilleur, à l'abri des méchants qui nous trompent et des passions qui nous égarent, où la route du bien est la seule qu'on suive et où nous marchons avec assurance.

Formé pas un tel maître, Léonard ne tarda pas à reconnaître cette vérité que la beauté par excellence réside en Dieu, et que nous ne pouvons comprendre cette immuable beauté que par le spectacle de son univers et par ses bienfaits qui constituent son mode d'action.

Ce fut là le point de départ du noble artiste ; aussi le verrons-nous sans cesse se livrer avec ardeur à la recherche du beau, soit dans la peinture, soit dans la sculpture, la poésie, la musique et les sciences.

Dès son plus jeune âge, il manifestait l'admiration la plus vive à la vue de toute beauté morale ou matérielle. Sa mère soulageait-elle un malheureux en sa présence, il s'élançait dans les bras de cette bonne mère, l'embrassait avec effusion, et les plus aimables paroles s'échappaient alors de son cœur attendri ; une fleur, un rayon de soleil, un chant d'oiseau suffisait pour le plonger dans une profonde extase, dont il ne sortait que pour remercier Dieu d'avoir créé tant de merveilles.

Il avait à peine dix ans, lorsque ses parents, à l'occasion de l'anniversaire de sa naissance, décidèrent qu'une fête serait donnée au château et que l'on y inviterait tous les enfants du voisinage. Léonard implora et obtint la faveur d'être seul chargé de l'organisation de cette fête et se mit aussitôt à l'œuvre avec une joyeuse ardeur, si bien qu'en moins de deux jours, les salons de réception se trouvaient complétement transformés. Tout y était souriant et beau, tout y était conforme à l'aimable esprit des jeunes invités qui devaient s'y réunir. Léonard avait décidé qu'après le festin, un concert aurait lieu dans le parc, et là surtout il s'était distingué par le goût exquis et la merveilleuse adresse avec lesquels il avait organisé toutes choses. L'estrade formée

pour les musiciens se trouvait placée sous
un dôme de verdure et de fleurs que le
futur artiste avait parsemé de mille jets de
lumière du plus ravissant aspect ; tous les
arbres du parc se trouvaient de même ornés
de vives lumières, ressemblant à des fruits
d'or; enfin les plus délicieuses surprises
attendaient de toutes parts les jeunes hôtes
du féerique palais.

— Notre cher enfant sera un jour un
grand artiste, dit sir Piétro de Vinci lorsqu'il
vint avec sa femme visiter les merveilleux
travaux de son fils ; il a le sentiment de la
véritable beauté, et il saura le répandre en
toutes choses.

— Dieu l'a prévenu de ses plus pré-
cieuses bénédictions, répondit l'heureuse
mère d'une voix attendrie, continuons à
seconder les vues de la Providence sur ce
cher fils, et il sera plus tard l'une des plus
belles gloires de l'Italie.

En ce moment, Léonard, qui avait appris
que ses parents étaient allés visiter ses travaux, accourut gaiement avec sa sœur
Maria, et s'offrit à expliquer son œuvre dans

tous ses détails. Il y avait une telle anima-
tion sur cette belle tête d'enfant, l'intelligence rayonnait si vivement en ses grands
yeux bruns que Mme de Vinci lui dit en
versant des larmes de joie :

— Que Dieu te bénisse, mon Léonard,
car déjà tu sais répandre sur notre existence
le bonheur et l'espoir.

— Tu seras dès ce jour l'organisateur de
toutes nos fêtes, ajouta l'heureux père, en
caressant avec orgueil les belles boucles de
cheveux dont le front de son fils était environné ; tout ce que je viens de voir me fait
espérer pour toi un glorieux avenir; car tu
comprends l'harmonie du beau, et tu sais le
répandre dans tes œuvres.

— La nature n'est-elle pas toujours là
toute prête à nous prodiguer ses richesses,
mon bon père? répondit Léonard, désignant
de la main un massif de verdure qu'égayaient
des milliers de fleurs aux vives nuances;
vous m'avez appris à étudier la beauté dans
la contemplation de toutes ces merveilles,
comment pourrais-je oublier jamais à puiser
à cette source féconde?

II

« Lorsqu'un homme a jeté dans la terre une semence, soit qu'il veille ou qu'il dorme, la semence croît et se développe; car la terre fructifie d'elle-même. »

Léonard de Vinci fut une preuve évidente de cette parole de saint Paul. On avait semé en son âme les germes divins de la vérité, et Dieu vivifia lui-même ces précieux germes en y répandant les purs rayons de sa lumière, les fécondes rosées de sa grâce.

Son activité était stimulée par un si vif désir de s'instruire, qu'à douze ans il étudiait déjà les sciences exactes, l'histoire universelle ainsi que plusieurs langues, et faisait des progrès étonnants dans le dessin, la sculpture, la peinture, la musique et la poésie.

Un jour que Léonard venait de terminer
quelques dessins très-remarquables, son
père entra dans son atelier et lui dit après
avoir avoir admiré ses œuvres :

— Bien, très-bien, mon enfant ! ceci est
à mon avis ce que tu as fait de mieux jusqu'ici.

— Votre bienveillante appréciation est
pour moi un très-grand encouragement,
cher père, croyez-le bien, répondit Léonard
d'une voix à demi étouffée par l'émotion.

— Ne serais-tu pas disposé à te livrer à
l'avenir plus spécialement à l'art du dessin
et de la peinture ? reprit Piétro de Vinci. Tu
sais que le célèbre Andréa del Verrocchio
est mon ami ; dis une parole, mon fils, et
je cours lui montrer tes nouvelles œuvres ;
car je ne doute pas, qu'après les avoir vues,
il ne soit heureux de t'accepter pour élève.

Un rayon de joie illumina le front du jeune
artiste à cette proposition de son père ; mais,
ayant jeté un regard inquiet sur ses dessins,
il répondit :

— Attendons encore, mon bon père, je
vous en prie, je serais si malheureux si

Le Dominiquin.   9

maître Andréa me jugeait indigne de sa protection.

Piétro sourit de cette naïve modestie de son fils, puis, s'emparant vivement des nouvelles œuvres de ce dernier, il se rendit aussitôt chez l'illustre peintre.

Dès le lendemain, Léonard faisait son entrée dans le vaste atelier d'Andréa del Verrocchio et se disposait à rivaliser d'ardeur avec les meilleurs élèves du savant maître.

Chaque soir, il retournait dans sa famille, et là il se remettait à ses autres études jusqu'à une heure très-avancée dans la nuit.

— La vie est si courte, et il y a tant de choses à apprendre! disait-il à sa mère, quand celle-ci le suppliait de prendre du repos.

Et, après l'avoir embrassée avec effusion, il se rendait gaiement au travail.

Quatre années s'écoulèrent ainsi pour Léonard; mais une circonstance imprévue ne devait pas tarder à apporter un changement dans son existence.

Un matin qu'il s'était rendu comme d'habitude à l'atelier de maître Verrocchio, celui-ci le fit appeler, et, lui désignant une toile à laquelle il travaillait en ce moment, il lui dit du ton d'autorité qui lui était ordinaire :

— Je compte sur vous pour me peindre cette tête d'ange, jeune homme ; je dois m'absenter tout le jour ; mettez-vous aussitôt au travail.

— Ah ! maître, ne me forcez pas à mettre la main à un pareil chef-d'œuvre ! s'écria Léonard en examinant le tableau avec admiration. Ne l'exigez pas de moi, je vous en prie ; car je me sens indigne encore d'un tel honneur.

— Trêve de modestie, jeune homme, repartit vivement Andréa. J'ai confiance en vous ; mettez-vous donc à l'œuvre, je ne vous permets plus aucune observation.

Léonard obéit, et quand, vers le soir, on annonça le retour de l'illustre maître, le vaillant élève avait terminé sa tête d'ange.

— Ciel ! que vois-je ! s'écria Verrocchio, dès qu'il fut en présence de son *Baptême du Christ;* quelle expression divine ! quel coloris ! quelle pureté de lignes ! Je suis perdu ! me voilà surpassé par un enfant !

— Par pitié, calmez-vous, cher maître, balbutia le jeune peintre d'une voix entre-coupée par l'émotion. Ne vous dois-je pas ce que je sais? Si mon travail est bon, vous ne devez donc songer qu'à vous en réjouir; car la gloire vous en reviendra tout entière.

— Non, non, dès ce jour, je ne touche plus à un pinceau, répondit Andréa en tom-bant anéanti sur un siége. Plus de gloire pour moi; à l'avenir, la tristesse et l'isole-ment deviendront mon partage.

— Vos immortels chefs-d'œuvre n'ont-ils pas obtenu l'admiration de toute l'Italie, mon savant maître? reprit vivement Léonard. Comment pourriez-vous craindre que l'au-réole dont votre nom est entouré puisse ja-mais s'obscurcir?

— Assez, assez! s'écria Verrocchio, j'ai besoin d'être seul, retirez-vous.

Il faisait une soirée magnifique lorsque le jeune peintre sortit de Florence pour retour-ner au château de Vinci. Une brise légère agitait doucement le feuillage et semblait re-donner la vie et l'espoir aux pauvres petites fleurs qu'avait inclinées la chaleur du jour.

La source chantait ses mélodies au milieu du silence de la prairie, et se montrait çà et là mollement argentée par les paisibles lueurs de la lune ; enfin, tout dans la nature reprenait une vigueur et une beauté nouvelle sous le voile mystérieux de cette belle nuit à peine commencée.

Le premier mouvement de Léonard, lorsqu'il se trouva en pleine campagne, fut de se découvrir afin de remercier Dieu d'avoir couronné ses efforts par un premier succès. Cette tête d'ange qu'il avait peinte avec une si pieuse inspiration, semblait lui apparaître de toutes parts. Il la voyait resplendir comme une nouvelle étoile dans le pur azur du ciel ; il la voyait se mêler aux douces lueurs de la lune, et son cœur chantait l'hymne de gloire et de triomphe au divin Auteur de toutes choses.

Ce fut dans cette heureuse disposition d'esprit qu'il arriva au château.

— Réjouissez-vous, cher père ! s'écria-t-il en apercevant ce dernier qui l'attendait à l'entrée du parc ; réjouissez-vous, car Dieu a béni les travaux de votre fils !

— Que t'est-il donc arrivé de si heureux,

mon Léonard? répondit Piétro de Vinci, en
admirant la belle tête rayonnante du jeune
peintre; mais suis-moi au salon où t'atten-
dent ta mère et ta sœur, et tu nous expli-
queras à tous la cause de ton joyeux enthousiasme.

Une heure après, Piétro de Vinci faisait
atteler pour se rendre chez son ami Verrocchio, afin de juger par lui-même du mérite
de l'œuvre de son fils, et de consoler de
son mieux l'illustre auteur du *Baptême du
Christ*.

III

Maître Andréa ayant persisté dans sa résolution de ne plus reprendre son pinceau,
Léonard se réinstalla dans son atelier et s'y
remit à travailler avec plus d'ardeur que
jamais.

Quoiqu'il n'eût encore que seize ans, il
était si fort déjà en mathématiques et en
géométrie que souvent il embarrassait ses
professeurs par les questions qu'il leur
adressait.

« Chose étonnante! dit l'un de ses bio-
graphes; après avoir résolu les problèmes
les plus arides, après avoir combiné des
forces motrices pour aplanir une montagne,
creuser un canal ou élever un pont, son imagination, loin de se fatiguer à ce travail,
trouvait encore de la verve et de la poésie

pour composer une ode, jouer de la lyre ou peindre une *Madone*. »

Nous regrettons de ne pouvoir citer ici quelques-unes de ses poésies, qui malheureusement sont très-rares aujourd'hui. Ce sont des chants sortis de l'âme, avec le naturel et l'aimable simplicité du vrai. Comme l'eau de la source se précipite en gerbes lumineuses des hauteurs d'une majestueuse montagne pour aller réjouir et rafraîchir les fleurs de la vallée, ainsi se précipitaient des hauteurs de cette brillante imagination les belles et riantes pensées que lui inspirait la grâce divine. La nature était pour lui une grande lyre dont toute âme humaine doit comprendre les mystérieuses mélodies ; il en faisait vibrer chaque corde avec amour, et toujours ses chants étaient en accord parfait avec le principe immortel de toute harmonie, de toute beauté.

L'étude de l'histoire était pour ce génie puissant un véritable problême dont la solution doit être pour tous de la plus haute importance.

Avant de commencer, il s'était écrié avec

le roi-prophète : « Seigneur, Seigneur, qu'il nous soit donné de connaître votre route sur cette terre et votre plan providentiel pour le salut de tous les peuples ! »

Et, afin d'atteindre ce but, il avait suivi pas à pas les progrès de l'union des hommes entr'eux et avec Dieu ; il avait contemplé, depuis le jour de sa création, cette terre temple de Dieu, demeure commune des hommes, tout en s'adressant ces différentes questions : Où en sont-ils ? Qu'est-ce que leur passé ? Où sont leurs espérances ?

Puis, élevant ses regards vers le ciel, il avait répété avec l'Eglise catholique cette fervente prière : O Père qui as donné à tes enfants ce globe pour le cultiver, fais qu'ils n'aient qu'un cœur et qu'une âme, de même qu'ils n'aient qu'une seule demeure.

Tout ce qu'a écrit Léonard de Vinci prouve qu'il a toujours fait reposer sur cette immuable loi le bonheur, la prospérité et le salut des nations, et que l'étude de l'histoire pour lui a toujours été, comme nous l'avons dit, un problême de la plus haute importance.

Mais suivons maintenant ce grand homme dans sa carrière d'artiste. La cause du découragement du célèbre Andréa fut bientôt connue dans toute l'Italie, et le succès extraordinaire de Léonard commença sa renommée.

Un seigneur des environs de Florence lui commanda une vierge, et cet ouvrage assura au jeune artiste une place distinguée parmi les peintres de son temps. On lui confia ensuite un carton d'après lequel on devait exécuter en Flandre une portière tissée de soie et d'or destinée au roi de Portugal.

Ce carton représentait Adam et Eve dans le paradis terrestre au moment de leur désobéissance. Léonard dessina plusieurs animaux dans une prairie émaillée de fleurs qu'il rendit avec un charme et une variété inouïs.

Rien de plus saisissant que l'attitude tremblante et incertaine que le grand artiste donna à nos premiers parents, au moment où ils désobéissent à Dieu : on devine qu'ils n'ont point confiance entière dans les promesses du serpent et qu'ils présentent les

longues et douloureuses peines qui sur
eux sont suspendues. Eve présente le fruit
défendu à Adam; mais on voit qu'elle ne
croit plus déjà à la gloire promise par le
tentateur, et que ses supplications à notre
premier père sont surtout dictées par la
crainte d'en être séparée à l'avenir.

A peine ce carton était-il terminé, quand
le jeune artiste fut chargé de peindre, sur
un rondache, un animal fantastique du plus
terrible aspect qu'il soit possible d'imaginer.

Léonard peignit ce monstre, et lorsqu'il
l'eut achevé, il invita son père à venir le
voir. Quelle ne fut pas sa joie, quand ce
dernier, étant entré, recula effrayé vers la
porte, comme s'il eût craint d'être dévoré.

— J'ai réussi mon œuvre au delà de mon
espérance ! s'écria l'artiste en examinant
le monstre avec un joyeux enthousiasme.
Approchez-vous, cher père, je vous assure
que vous pouvez le regarder sans crainte.

Piétro se mit à rire et félicita son fils du
merveilleux accroissement de son talent.

— Ce que tu as composé là, mon ami,
est une admirable laideur, lui dit-il; mais il

faut qu'un artiste sache poétiser et rendre avec vérité le laid comme le beau ; continue donc à t'avancer dans cette voie, et la gloire viendra sûrement couronner tes efforts.

Léonard poussait ses études et ses observations jusqu'à la recherche la plus minutieuse. Souvent il réunissait chez lui des paysans et des hommes du peuple, s'attablait avec eux, leur faisait les contes les plus bouffons, jusqu'à ce que son vin et ses histoires les eussent amenés à une folle gaieté ; alors il étudiait le jeu de leurs physionomies et se retirait de temps à autre pour peindre celles qui l'avaient le plus frappé. Il suivait ordinairement les condamnés jusqu'au lieu du supplice afin de saisir sur leurs faces toutes les angoisses de leur rapide agonie. La rencontre de quelque homme à tête bizarre ou expressive, portant barbe ou chevelure singulière, lui faisait un tel plaisir, qu'il se serait volontiers mis à le suivre un jour entier. Il se le rappelait si bien, qu'il le dessinait ensuite comme si cet homme eût posé devant lui.

On raconte qu'un jour il prit plaisir d'amener dans son atelier un pauvre vieux mendiant qu'il avait peint de la sorte. En se voyant reproduit avec une si frappante vérité, le vieillard se crut en présence d'un sorcier et supplia Léonard de ne point s'approcher de lui de peur qu'il ne lui rendît la vie plus insupportable encore que le sort ne la lui avait faite.

— Je comptais cependant vous offrir un gage de ma compassion pour vous, cher homme, répondit Léonard, en sortant de sa poche une bourse où brillaient quelques pièces d'or.

— Oh! alors, c'est que je me trompais sur votre compte, mon bon signor! s'écria le mendiant en s'avançant vers l'artiste. Oui, oui, je me trompais, répéta-t-il, en tendant sa main décharnée, les sorciers ne songent qu'à faire le mal, et vous, mon très-bon signor, vous songez à me secourir.

La bourse fut remise, et le pauvre vieillard se retira en bénissant le généreux auteur de son portrait.

IV

Vers l'année 1475, tous les savants s'occupaient vivement du projet de creuser le fameux canal de l'Arno, afin d'amener les eaux de la rivière d'Adda jusqu'à Milan ; mais personne n'osait entreprendre l'exécution de ce projet à cause des immenses difficultés qui semblaient s'y opposer.

Léonard, qui alors était à peine âgé de vingt-cinq ans, se transporta sur les lieux, y dressa des plans et vint les présenter à la commission. Malheureusement il avait le tort d'être trop jeune, de sorte que tous les hommes graves dont sa science compromettait l'amour-propre, le traitèrent d'extravagant et blâmèrent ce qu'ils appelaient l'étrangeté de ses idées.

— Ces idées qui vous paraissent étranges,

sont seules réalisables, messieurs, répondit l'artiste; je vous le prédis, l'entreprise ne réussira que lorsque vous les adopterez.

Cette prédiction se réalisa quinze ans plus tard. Après avoir combiné mille plans divers, on fut forcé de recourir à ceux de Léonard, et le canal fut exécuté sans obstacle.

Léonard de Vinci avait trente ans, lorsque le duc de Milan, qui tenait à l'avoir dans sa capitale, lui fit demander à quelles conditions il consentirait à venir et à quoi il désirait être occupé.

L'artiste répondit qu'à la guerre il pouvait employer des machines telles que ponts, canons, bombardes, pièces de menue artillerie, toutes de son invention, et faisant le plus grand ravage; qu'il pouvait attaquer les places fortes, et les défendre par des moyens non pratiqués jusqu'alors; qu'en temps de paix, il était capable de faire en peinture, sculpture, architecture, mécanique, conduits d'eau, tout ce qu'on pouvait attendre d'une créature mortelle.

Loin de mettre en doute tout ce que lui promettait Léonard, le duc de Sforce, qui savait par la renommée de quoi était capable l'illustre artiste, s'empressa de le faire venir à Milan et le reçut à sa cour avec honneur et affection.

Léonard se mit aussitôt à l'œuvre : il fortifia des villes, bâtit des maisons, des ponts, des aqueducs, et il trouvait encore du temps pour de grands ouvrages de peinture et de sculpture, car c'est à cette époque qu'il fit la colossale statue de Ludovic de Sforce, dont le modèle en terre se dessécha et tomba, pendant qu'il dirigeait l'ordonnance des fêtes célébrées à l'occasion du mariage de Sforce avec Béatrix d'Est.

Ce fut aussi vers ce temps que le noble artiste exécuta pour le couvent des Dominicains, à Santa-Maria-delle-Grazie, son chef-d'œuvre en peinture, sa sublime fresque de la Cène que toute l'Europe admire et que la gravure a immortalisée. Il donna à toutes les têtes d'apôtres tant de noblesse et de majesté que, craignant de rester impuissant à exprimer sur la face du Sauveur, sa divine bonté, il s'arrêta sans la terminer. Cependant, l'œuvre, toute incomplète qu'elle était, inspira la plus grande vénération aux Milanais.

Quelle pensée, en effet, dans ce travail! Les apôtres, pleins de curiosité, cherchent à deviner le coupable qu'a voulu désigner leur divin Maître; tous les visages expriment l'amour, le trouble, l'indignation. Quel admirable contraste avec Judas, cette figure de traître, haineuse et impassible! Les moindres détails sont rendus avec un soin et une vérité incroyables.

Il peignit vers la même époque plusieurs saintes familles d'une suavité et d'une sensibilité admirable.

En même temps que son talent comme peintre, sculpteur et architecte, lui produisait des sommes considérables, ses agréments personnels le faisaient rechercher par la plus brillante société.

Il était parfaitement beau. Sa haute taille et sa prodigieuse force physique ajoutaient au caractère de sa tête calme et mélancolique; son attitude était pleine de majesté, ses paroles exprimaient toujours la bienveillance et la bonté dont son cœur était si largement doué, et toutes ces excellentes qualités étaient soutenues en lui par beaucoup d'honnêteté et par des inclinations nobles et généreuses.

Sa maison était montée comme celle des plus grands seigneurs : il avait des pages et des valets en grand nombre, les chevaux les plus beaux et les plus fringants. On le consultait pour les ajustements de la mode, les ordonnances des fêtes aussi bien que pour tout ce qui se rapportait aux arts et aux sciences.

Comme tous les véritables artistes, il avait parfois des idées fort originales.

Un jour qu'il devait jouer de la lyre devant Ludovic Sforce, qui aimait la musique avec passion, il arriva portant un instrument qu'il avait façonné lui-même, presqu'entièrement en argent et ressemblant à un crâne de cheval.

— Qu'est-ce que cela, maître ? s'écria le duc de Milan, dès qu'il eut aperçu le bizarre instrument. Espérez-vous remporter le prix au concours en vous y présentant avec un pareil instrument ?

Pour toute réponse, Léonard fit vibrer son crâne de cheval et en tira des sons si sonores, si majestueux, que toute l'assemblée en fut dans l'admiration.

L'illustre artiste sortit vainqueur du concours, pour lequel les plus célèbres artistes avaient été rassemblés.

Il avait improvisé aussi dans la même soirée, plusieurs pièces de vers fort remarquables par la grâce et l'élégance dont elles étaient empreintes, si bien que le duc, séduit par son éloquence facile et brillante, autant que par son talent, comme musicien, le combla d'éloges et de caresses et lui confia, peu de temps après, la direction de l'Académie des peintres et des architectes que ce prince avait lui-même fondée.

V

En 1498, le roi Louis XII devant faire un court séjour à Milan, Léonard de Vinci fut chargé d'imaginer quelque chose de magnifique et d'extraordinaire pour fêter le monarque à son entrée dans la ville.

L'habile architecte se surpassa en cette circonstance, et inventa mille surprises aussi splendides qu'ingénieuses. Ce qu'il fit de plus remarquable fut la figure d'un lion rempli de ressorts si justes, qu'après avoir fait quelques pas devant le roi, lorsqu'il entra dans la salle du palais, cet automate s'arrêta tout court et ouvrit son estomac où l'on vit paraître les armes de France.

Environ un an après, le duc de Milan était défait par les armées de Louis XII et emmené prisonnier en France.

Au moment où survint ce grave événement, on se disposait à couler en bronze la *magnifique statue de Ludovic Sforce;* mais Léonard eut la douleur de voir son chef-d'œuvre *livré aux archers du roi pour leur* servir de but et exercer leur adresse.

Il retourna sans retard à Florence; mais il ne devait plus y retrouver que sa sœur Maria, son père et sa mère étant morts dans le cours de l'année précédente. Aucune déception, aucun malheur ne saurait décourager une âme aussi vigoureuse, aussi active que l'était celle du noble artiste. Il s'occupa lui-même d'organiser sa maison, selon ses goûts, et quand il eut fait de sa demeure une sorte *de palais féérique où tout charmait et sur-*prenait les regards, il se remit au travail avec plus de zèle encore que jamais.

C'est alors qu'il fit son carton représentant la Vierge, sainte Anne et le Christ, tableau plein d'inspiration et de poésie.

Quand il l'eut terminé, il l'exposa pendant deux jours. Non-seulement tous les peintres l'admirèrent; mais le peuple se pressa à l'envi pour le contempler et s'assembla en foule comme aux fêtes solennelles.

Une scène touchante eut lieu en cette circonstance. La foule s'étant retirée, vers le soir du deuxième jour, Léonard se rendit à la salle de l'exposition, afin de faire donner des ordres pour faire rapporter son tableau dans son atelier. Une pauvre jeune fille, vêtue de deuil, était là, agenouillée au pied du chef-d'œuvre et ne semblait nullement s'apercevoir qu'elle était restée seule.

Elle priait avec une telle ferveur que le pieux artiste demeura quelque temps immobile sur le seuil de peur de la troubler dans son recueillement; mais, ayant fait tout à coup un léger bruit, la jeune fille releva la tête et poussa un cri de surprise en apercevant Léonard.

— Dieu vous bénisse, signor! lui dit-elle en faisant quelques pas vers lui; les anges du ciel qui contemplent éternellement la douce Mère du Sauveur, n'auraient pu la peindre plus adorablement belle que vous ne l'avez fait.

— Votre naïf éloge plaît à mon cœur,

jeune fille, répondit Léonard ; mais qui êtes-vous ? comment vous trouvez-vous seule ?

— Je suis orpheline, signor; depuis un mois, ma pauvre bonne mère est allée au ciel recevoir la récompense de ses souffrances et de ses vertus. Je tâche de l'imiter dans son amour pour la religion, dans son zèle pour le travail, afin de mériter d'être un jour réunie à elle. J'ai voulu, moi aussi, voir cette Vierge divine dont chacun chante à l'envi la louange, et j'ai trouvé à ses pieds de si suaves consolations que je ne pouvais me décider à me relever.

— Vous la trouvez donc bien belle ? reprit l'artiste d'une voix émue.

— Qui pourrait ne point admirer ce regard plein de bonté qui semble appeler à elle les plus humbles créatures, répondit la jeune fille avec un pieux enthousiasme; dès que je l'ai vue, je me suis sentie comme transportée dans le ciel, et j'ai prié de tout mon cœur cette divine Mère de m'adopter pour son enfant.

— Et elle vous exaucera, n'en doutez pas, bonne jeune fille, dit l'illustre artiste ; cette

Vierge sainte n'est-elle pas surtout la mère du pauvre et de l'orphelin ?

Ce pieux hommage rendu à son génie par une pauvre orpheline impressionna si vivement Léonard que quand cette dernière se fut retirée, il se sentit, lui aussi, disposé à prier sous le regard d'amour de la douce Mère du Sauveur.

VI

Léonard fit ensuite pour Francesco del Giocondo, le portrait de Mona-Lisa, sa femme, connue sous le nom de *La Joconde*.

« Quand on veut savoir jusqu'où peut s'élever l'art, en imitant la nature, dit Vasari, il faut voir cette toile où les plus petites choses sont peintes avec la plus grande finesse. Le cristal brillant et humide de l'œil, l'ombre des cils n'avaient jamais été rendus avec un tel bonheur. Ces teintes rougeâtres et un peu plombées qui cernent les yeux et qui leur donnent tant de suavité et de charme, quand on parvient à les distribuer avec une telle intelligence et une telle légèreté ; ces passages si délicats et ces tons si tendres par lesquels les sourcils et les poils s'harmonisent avec la chair ; ce nez avec ses belles

ouvertures et ses facettes reflétées ; ces
lèvres colorées et souriantes avec leurs
attaches si mobiles : toutes ces choses enfin
si fines et si souples ne sont pas de la peinture ; elles sont le désespoir des peintres ; on
dirait une belle femme qui respire et qui vit.

» L'habile Léonard, pour arriver à tant
de perfection, avait employé entr'autres ce
moyen : pendant que posait la belle Mona-
Lisa, il y avait toujours près d'elle des chan-
teurs et des musiciens afin de la tenir dans
une douce gaieté et d'éviter cet aspect d'af-
faissement et de mélancolie presqu'inévi-
table dans un portrait. »

Cette perfection des ouvrages de Léonard
de Vinci accrut tellement sa renommée que
ses compatriotes, voulant qu'il laissât quelque souvenir à son pays, lui commandèrent
un grand travail pour la salle du Conseil,
nouvellement reconstruite d'après ses propres
plans.

L'infatigable artiste, pour répondre à
l'honneur qu'il recevait fit son fameux carton
représentant la guerre et la défaite de Niccolo
Piccinino dans la guerre de Pise.

Pendant qu'il se livrait à ce travail, Michel-Ange fut appelé à Florence par ses amis. Ayant pour protecteur le gonfalonier Soderini, il fut chargé par ce dernier de peindre à fresque la partie de la salle du Conseil qui faisait pendant à celle qui avait été confiée à Léonard.

Cette redoutable concurrence ne découragea pas Léonard ; cependant il était facile de s'apercevoir qu'il se laissait souvent aller à la haine contre son rival, et qu'il n'entrevoyait pas sans une certaine irritation le jour où son œuvre serait comparée à celle de Michel-Ange.

Celui-ci choisit aussi pour sujet un épisode de la guerre de Pise et commença son carton qu'il ne voulut laisser voir à personne avant qu'il fut terminé. Léonard avait peint les vétérans de son âge se faisant couper les poignets pour rapporter à Florence les drapeaux des Visconti. Michel-Ange peignit la jeunesse de Florence s'élançant au combat.

Semblables à deux géants entrant dans la lice, les deux illustres lutteurs ne pouvaient se trouver en présence sans que l'or-

gueil ne se révoltât en leur cœur et n'y ré-
veillât des sentiments injustes, tant il est
vrai que la nature humaine, quelque bien
douée qu'elle puisse être, échappe rare-
ment à la passion.

Lorsque les deux cartons furent terminés,
on les exposa aux regards du public, et tous
deux furent chaleureusement admirés et à
peu près également estimés par les artistes
qui vinrent les contempler.

Malheureusement, comme Léonard s'a-
donnait alors à l'anatomie, et passait le reste
de son temps à écrire son traité sur la peinture, il ne put rien peindre avant son départ
pour Rome où quelques années plus tard il
fut appelé par Léon X.

Quant à Michel-Ange, il s'était acquis une
telle réputation par son célèbre carton de la
salle du Conseil que Jules II ne tarda pas
à l'appeler à Rome pour lui confier l'érection
de son fameux mausolée que l'on voit encore
aujourd'hui dans l'église Saint-Pierre-aux-
Liens et qui ne fut achevé que longtemps
après la mort du Pontife, par Baccio Ban-
dinelli.

VII

Nous croyons devoir parler ici du fameux *Traité de la peinture*, par Léonard de Vinci, et nous sommes heureux de pouvoir en citer quelques pages à nos lecteurs ; car nous espérons que cela leur suffira pour leur donner une haute idée de cet ouvrage si universellement estimé par les artistes.

« Si vous voulez bien peindre une tempête, dit-il, considérez-la attentivement dans ses effets. Lorsque le vent souffle sur la mer ou sur la terre, il enlève tout ce qui n'est pas fortement attaché à quelque chose, il l'agite confusément et l'emporte.

» Ainsi pour bien peindre une tempête, vous représenterez les nuages entrecoupés, emportés avec impétuosité par le vent du côté où il souffle, l'air tout rempli de tour-

billons d'une poussière sablonneuse qui s'é-
lève du rivage, des feuilles et même des
branches d'arbres enlevées par la violence
et la fureur du vent, la campagne tout en
désordre par une agitation universelle de
tout ce qui s'y rencontre, des corps légers
et susceptibles de mouvement répandus
confusément dans l'air, les herbes couchés,
quelques arbres arrachés ou renversés, les
autres se laissant aller au gré du vent, les
branches ou rompues, ou courbées contre
leur situation naturelle, les feuilles toutes
repliées de différentes manières et sans
ordre; enfin les hommes qui se trouvent
dans la campagne, les uns seront renversés
et embarrassés dans leurs manteaux, couverts
de poussière et méconnaissables; les autres
qui sont demeurés debout, paraîtront der-
rière quelqu'arbre et l'embrasseront de
peur que l'orage ne les entraîne; quelques
autres, se couvrant les yeux de leurs mains,
pour n'être point aveuglés par la poussière,
seront courbés contre terre avec des draperies volantes et agitées d'une manière
irrégulière, ou emportées par le vent.

» Si la tempête se fait sentir sur mer, il faut que les vagues, qui s'entrechoquent, la couvrent d'écume, et que le vent en remplisse l'air, comme d'une neige épaisse, que dans les vaisseaux qui seront au milieu des flots, on voie quelques matelots tirant quelques bouts de cordes ; des voiles brisées étrangement agitées, quelques mâts rompus et renversés sur le vaisseau, tout délabré au milieu des vagues ; des hommes, criant, se prendre à ce qui leur reste des débris de ce vaisseau.

» On pourra peindre aussi dans l'air des nuages emportés avec impétuosité par les vents, arrêtés et repoussés par les sommets des hautes montagnes, se replier sur eux-mêmes, et environner comme si c'étaient des vagues rompues contre des écueils ; le jour obscurci par d'épaisses ténèbres et l'air tout rempli de pluie et de gros nuages. »

Ne désirerait-on pas être peintre pour prendre à l'instant le pinceau afin de reproduire, d'après les conseils du grand artiste, cette violente tempête dont tous les détails nous sont si minutieusement donnés ?

Toutes les observations contenues dans
le *Traité de la peinture* ont la même valeur;
on ne peut les lire sans être un peu plus
artiste et sans se sentir disposé à discerner
avec plus de goût et d'intelligence ce qui
est vraiment beau dans un tableau de quelque
mérite.

Ce *Traité* a d'abord été imprimé en langue
italienne; mais, en 1651, M. de Cambrai en
donna une traduction française.

Dans la première édition, le Poussin,
afin d'éclaircir le texte, avait ajouté des
figures aux endroits qui paraissaient le demander. Mais les dessins qu'il avait faits
n'étant qu'au trait et seulement de simples
esquisses, Errard fut chargé d'y mettre les
ombres et de leur donner la dernière main,
avant de les abandonner au graveur. Il
augmenta encore quelques figures qui avaient
échappé au Poussin. Celui-ci se plaignit dans
la suite avec raison, de ce qu'on avait
tellement altéré ses dessins en les gravant
qu'il ne s'y connaissait plus. Il existe encore
quelques exemplaires de cette édition illustrée,
mais ils sont très-rares, surtout en France.

Suivons maintenant Léonard dans la ville immortelle, où, appelé par Léon X, il s'efforçait de mériter la confiance dont l'honorait son auguste protecteur. Il y retrouva Michel-Ange qui, nous le savons, était parti de Florence en 1503, au pressant appel du pape Jules II, dont l'intention était de lui confier l'érection de son propre mausolée.

Le jeune et ardent artiste avait eu à éprouver de terribles déceptions, au sujet du gigantesque travail dont il était chargé. Dès que son dessin, dont la beauté et la richesse surpassaient tous les anciens monuments de ce genre, eut reçu l'approbation du Pape, Michel-Ange se rendit à Carrare où il resta pendant huit mois pour faire extraire des montagnes, les marbres nécessaires à sa majestueuse entreprise. Amenés à Rome par mer, ces marbres couvrirent la moitié de la place Saint-Pierre.

Une fois ces travaux commencés, l'artiste, selon sa coutume, ne voulut permettre à personne de les visiter ; mais le pape, curieux et impatient, après avoir gagné les ouvriers à force d'argent, s'introduisit, sous un déguisement, dans la chapelle Sixtine pendant son absence. Michel-Ange ne tarda pas à se douter de la trahison de ses ouvriers; il se mit en embuscade, et un jour, au moment où le Pape entrait, il lança du haut de son échafaud de lourdes planches, qui effrayèrent tellement Sa Sainteté, qu'elle s'enfuit précipitamment.

Après une telle offense, Michel-Ange, redoutant le ressentiment de Jules II, quitta Rome pendant la nuit et retourna à Florence. Il ne fallut rien moins que trois brefs menaçants adressés à la seigneurie de Florence et les exhortations du gonfalonier Soderini pour décider le fugitif à retourner auprès du Pape.

Cependant, pendant son absence, l'architecte Bramante avait conseillé à Jules II d'abandonner le projet d'élever lui-même son tombeau. Il lui avait persuadé en même temps de charger Michel-Ange des peintures à fresque qu'il voulait faire exécuter sur la voûte de la chapelle Sixtine.

Ce rival envieux voulait réduire l'artiste florentin au désespoir, en lui enlevant les

travaux de sculpture qui devaient l'immortaliser, pour le contraindre à entreprendre un
genre de peinture dans lequel il ne s'était
pas encore essayé.

Michel-Ange, à peine de retour à Rome,
avait donc reçu du Pape l'ordre de laisser
de côté son tombeau et de commencer les
peintures de la chapelle Sixtine.

Il avait employé en vain toutes les excuses
pour se dispenser d'accepter une entreprise
dont il ne se dissimulait pas les difficultés.
Tout ce qu'il avait pu dire n'avait servi qu'à
aiguillonner le désir de Jules II, dont les
volontés étaient immuables, et il avait été
forcé d'obéir.

L'artiste s'était donc mis à l'œuvre, ne
laissant pénétrer personne dans l'enceinte
de ses travaux. La décoration de la voûte à
moitié terminée, Jules II, dans son impa-
tience, voulant en faire jouir le public, avait
fait abattre tous les échafauds. Rome entière
s'était précipitée dans la chapelle Sixtine pour
applaudir à ce chef-d'œuvre, et l'envie s'était
ainsi trouvée désarmée.

Le peintre, ayant vu le succès qu'avait

obtenu son œuvre commencée, avait repris
aussitôt ses travaux, et était parvenu à
exécuter la seconde moitié dans l'espace de
vingt mois, sans aucun aide, sans même
employer un ouvrier pour broyer ses couleurs.

La chapelle Sixtine achevée, l'illustre
artiste, comblé de faveurs et de richesses,
avait obtenu du Pape qu'il reprendrait le
travail de son mausolée, mais il s'était à
peine remis à l'ouvrage que Jules II était
mort et avait été remplacé par Léon X.

Michel-Ange venait de recevoir du nouveau Pape l'ordre d'abandonner le mausolée
de son prédécesseur, lorsque Léonard de
Vinci arriva à Rome. Etant encore sous le
coup de cette nouvelle déception, Michel-
Ange fit un accueil assez sombre à son illustre
rival. De son côté, Léonard se sentait comme
effrayé de rentrer en lutte avec ce glorieux
artiste dont les œuvres étaient admirées de
toute l'Italie ; si bien que l'ancienne inimitié
des deux grands hommes ne fit que s'ac-
croître lorsqu'ils se retrouvèrent en présence.

De Vinci peignit d'abord, pour Léon X,

plusieurs tableaux de petite dimension , puis il fut nommé ingénieur général et architecte particulier de César Borgia , mais le Pape ne tarda pas à le rappeler près de lui, afin de le charger de la façade de San-Lorenzo.

A peine avait-il commencé ses ébauches, que Léon X envoya auprès de lui Michel-Ange, auquel il avait confié la moitié de la même façade.

L'idée seule d'avoir un rival eût suffi pour décourager de Vinci, déjà presque sexagénaire, et, ce rival étant Michel-Ange, il en fut tellement accablé, qu'il abandonna ses travaux commencés et retourna à Florence.

VIII

Bien résolu à se livrer spécialement à l'anatomie, de Vinci, en arrivant dans sa ville natale, fit choix d'une habitation entourée d'un parc, et là, il vécut dans la solitude, ne voyant que quelques amis dont l'affection lui était assurée.

Parmi ces derniers, on cite le gentilhomme de Melzo, dont le fils Francesco, était un beau garçon de seize ans, que Léonard avait toujours aimé d'un amour presque paternel.

Lorsque l'artiste revit ce jeune homme qu'il avait laissé enfant et avec lequel il pouvait maintenant communiquer toutes les pensées de son cœur, il éprouva pour lui une tendresse si vive qu'il en versa des larmes.

— Vous viendrez souvent me voir, mon ami, lui dit-il; à mon âge, on a si besoin du sourire de la jeunesse pour ne point tomber dans le découragement.

— Il n'y a pas d'âge pour l'immortel de Vinci, répondit Francesco, en regardant avec admiration la belle tête blanchie de l'illustre vieillard ; il retournera vers Dieu sans avoir perdu aucun des charmes, aucune des espérances de la souriante jeunesse.

L'artiste étouffa un soupir prêt à s'échapper de sa large poitrine, et son front parut s'incliner sous de pénibles souvenirs.

Le soir du même jour, Léonard se promenait avec son jeune ami sous les épais ombrages de son parc. Doué d'une âme ardente, Francesco n'avait pu se retrouver en présence du noble artiste, dont il avait si souvent admiré les chefs-d'œuvre, sans éprouver le désir de puiser avec abondance à cette belle source de lumière et d'intelligence. Il avait donc répondu aussitôt à son affectueuse invitation, se promettant bien de mettre largement à profit les quelques heures qu'il devait passer avec lui.

La soirée était fraîche et belle : de légers nuages flottaient dans le ciel étoilé, la brise agitait le feuillage et apportait les senteurs de la prairie voisine, tandis que la lune s'efforçait d'écarter les molles vapeurs qui s'élevaient de la terre, pour y répandre avec amour sa mélancolique clarté.

— Que je suis heureux, cher maître, disait Francesco, que ce monde me semble beau, en ce moment où je puis l'admirer avec vous. Ah! je sens qu'une vie nouvelle va s'ouvrir pour mon âme si désireuse de connaître et d'aimer !

— N'espérez pas trop d'un vieillard au déclin de l'existence, mon jeune ami, répondit tristement Léonard ; souvent vous ne trouverez en moi que lassitude et découragement ; car je vous reviens le cœur meurtri par de cruelles épreuves.

Le jeune homme s'arrêta pour contempler le noble front de l'artiste, qui, en ce moment, se trouvait éclairé par la lune, et s'écria d'une voix pleine d'enthousiasme :

— Non, non, aucun mortel n'a pu être assez audacieux pour oser répandre l'amertume sur la glorieuse existence de l'illustre de Vinci !

— La gloire de ce monde n'est que mensonge et vanité, mon pauvre enfant, reprit Léonard ; trop longtemps j'ai fait reposer sur elle le bonheur de ma vie ; à l'avenir, je ne veux plus songer qu'à la récompense éternelle promise au travail et à la vertu. Déjà deux jeunes artistes, Raphaël et Michel-Ange ont fait oublier mon nom jadis honoré ; déjà je les ai entendu nommer les princes de la peinture, comme si l'éclat de leurs œuvres eût éclipsé totalement les miennes. Aussi, je le répète : en Dieu seul maintenant reposeront mes espérances.

— Et dans ce but vous allez sans doute commencer quelque grand travail de peinture, cher maître ? observa Francesco. Votre tableau de *la Cène* est là comme un rayon sublime qui s'élève jusqu'au ciel ; encore un chef-d'œuvre de ce genre, et l'immortalité vous est assurée en ce monde, l'éternité vous sera accordée dans l'autre.

— Peut-être, hélas ! n'aurais-je plus le

courage de reprendre mon pinceau ! soupira l'artiste.

— Alors vous voulez vous livrer à la sculpture ?

Léonard fit de la tête un signe négatif plein de découragement et garda le silence.

— Mais quelle est donc votre intention, cher maître ? reprit Francesco. Compteriez-vous condamner au repos ce puissant génie qui naguère mettait son bonheur à entreprendre vingt œuvres à la fois ?

— Je ne veux plus m'occuper que d'anatomie, répondit l'artiste, d'une voix pleine d'amertume.

— Impossible, maître, impossible ! dit vivement le jeune homme, vous ne pourrez pas vous borner à cette étude à peu près matérielle, vous qui vous êtes élevé si haut dans les régions sublimes de l'idéal.

— Dieu est au fond de toutes choses, mon jeune ami, répondit Léonard ; pour le trouver, il nous suffit de travailler en sa présence, sans jamais le perdre de vue. Etudier le grand mystère de l'organisation humaine, c'est chercher Dieu dans une de ses œuvres

les plus merveilleuses, c'est l'adorer dans
ses secrets desseins, c'est l'admirer dans sa
puissance et sa bonté. Certains savants se
sont matérialisés en présence de ce corps
inanimé dont ils analysaient minutieusement
toutes les parties ; ils ne reconnaissaient plus
là le temple de l'âme immortelle, régénérée
par le sang du Christ, et ils ont nié l'immortalité de l'âme, ils ont méconnu l'admirable
Auteur de cet admirable chef-d'œuvre que
l'on appelle le corps humain. Mais ce n'est
pas dans cet esprit que je compte me livrer
à l'utile science de l'anatomie ; comme je
vous le disais, mon enfant, je veux y chercher Dieu, je veux en faire rayonner des
preuves évidentes de nos destinées éter-
nelles.

— Ah ! je reconnais là le noble de Vinci !
s'écria Francesco ; pour sa grande âme tout
est divin, tout est vie et lumière ; devant
son regard, toute ombre disparaît ; dans la
mort même il voit une lueur d'immortalité.

— Si vous le désirez, je vous associerai
à mes études, mon jeune ami, reprit Léonard ;
je vous ferai part de toutes mes découvertes,

et je suis sûr que vous ne tarderez pas à
reconnaître la vérité de ce que je viens de
vous avancer.

Francesco accepta avec reconnaissance
l'offre que lui faisait son cher maître. Puis,
lorsqu'il eut fixé avec lui l'heure où il devait
se rendre à son atelier, il le quitta en se
félicitant du résultat de sa première visite.

IX

Ces relations de Léonard avec son jeune protégé duraient depuis quelques mois à peine, lorsque de graves événements vinrent les interrompre tout à coup.

Les Français, qui de nouveau venaient de s'emparer de Milan, envahirent Florence, et le grand artiste se vit à peu près ruiné.

Chargé par les frères Servites de faire pour leur chapelle un tableau représentant la Vierge, sainte Elisabeth et le Christ, de Vinci s'installa dans le couvent et y demeura près d'un an sans avoir le courage d'abandonner ses études d'anatomie pour reprendre le pinceau.

Cependant, François Ier l'ayant pressé de venir à sa cour, il se décida enfin à terminer le tableau des bons Frères et partit pour la

France où il reçut du roi les plus vifs témoignages d'estime et d'affection.

De grands travaux de sculpture lui furent confiés ; mais, toujours sous le poids du découragement qui s'était emparé de lui à la suite de ses luttes avec Michel-Ange, il continua à s'occuper surtout d'alchimie, d'anatomie, et de sciences mathématiques, sur lesquelles il fit un *Traité*, si bien qu'il ne put achever aucune des œuvres qu'il avait commencées pour François Ier.

Léonard ne vécut que cinq ans auprès de son royal admirateur, le chagrin d'avoir été surpassé dans son art abrégea ses jours.

Lorsqu'il sentit sa fin approcher, il voulut revoir une dernière fois son jeune protégé. Francesco accourut aussitôt en France et se mit à prodiguer au noble vieillard les soins les plus affectueux.

De Vinci avait toujours été très-religieux ; il parlait de sa mort avec la plus parfaite résignation, et s'y préparait avec une confiance entière en la miséricorde divine.

— Dieu est juste et bon, disait-il souvent à Francesco, pourquoi m'effrayerais-je d'aller à lui ? Il me pardonnera de n'avoir pas consacré entièrement à sa gloire, les divers talents dont il m'avait doué.

Un matin qu'il se sentait plus mal, il appela son jeune ami près de son lit et, lui remettant son manuscrit sur l'alchimie et l'anatomie, il lui recommanda de le garder soigneusement en mémoire de lui. Puis il témoigna le désir de recevoir sans retard les Sacrements de l'Eglise.

Au moment de la communion, il se fit descendre de son lit, disant qu'il ne devait recevoir son Dieu qu'à genoux ; ses amis et ses serviteurs le soutenaient. François Ier, qui le visitait souvent, survint alors. Léonard, plein de respect pour le prince, se mit sur son lit et, lui racontant les accidents de sa maladie, demanda pardon à Dieu et aux hommes de n'avoir point fait pour son art tout ce qu'il aurait pu.

Tout à coup, il lui prit un de ces paroxysmes avant-coureurs de la mort ; le roi se leva, et lui tint la tête pour alléger son mal, et le grand artiste expira dans les bras du monarque.

Ainsi s'éteignit, vivement regretté de tous ceux qui l'avaient connu, cet homme immense qui exerça une si grande influence sur les arts et les sciences de son temps. Léonard de Vinci fut enseveli dans l'église de Saint-Florentin, à Amboise. Ce peintre vécut toujours en homme de bien et en chrétien. Il lisait avec amour l'Ecriture-Sainte, et rapportait à Dieu seul tous ses travaux et ses succès.

La seule chose qu'on lui reproche, c'est qu'il alliait à toutes ses rares facultés une certaine inconstance d'humeur qui lui faisait aborder et abandonner plusieurs travaux à la fois. C'est que ce génie sublime voyait trop loin pour tenir son regard longtemps fixé; son esprit inquiet devançait sa main; il concevait trop de choses pour qu'il pût les exécuter toutes.

FIN

— Lille. Typ. J. Lefort. 1876 —

HISTOIRE — BIOGRAPHIE

Format in-12.

Bossuet.	1 »	Charlemagne.	» 75
Brydayne, missionnaire.	1 »	Charles de Blois.	» 75
Crillon.	1 »	Colbert.	» 75
Du Guesclin.	1 »	Curé d'Ars, M. Vianney.	» 75
Fénelon.	1 »	D'Aguesseau, chancelier.	» 75
François Ier, roi de France.	1 »	Dominiquin (le) suivi d'une No-	
Godefroi de Bouillon.	1 »	tice sur Léonard de Vinci.	» 75
Henri IV, roi de France.	1 »	Fernand Cortez.	» 75
Louis XII, roi de France.	1 »	Lacordaire (le P.)	» 75
Louis XIV, roi de France.	1 »	Marguerite de Lorraine.	» 75
Marie Leckzinska, r. de Fr.	1 »	M. Desgenettes, curé de Notre-	
Marie-Antoinette, r. de Fr.	1 »	Dame des Victoires.	» 75
Napoléon.	1 »	Michel-Ange.	» 75
Philippe Auguste.	1 »	Mozart.	» 75
Stanislas, roi de Pologne.	1 »	Pierre Corneille.	» 75
Architectes les plus céléb.	» 85	Raphaël.	» 75
Artisans les plus célèbres.	» 85	Racine (Jean).	» 75
Aubusson (Pierre d').	» 85	Sombreuil (Mlle de).	» 75
Bayard.	» 85	Silvio Pellico.	» 75
Bérulle (le cardinal de).	» 85	Villars (le maréchal de).	» 75
Christophe Colomb.	» 85	Alix le Clerc.	» 60
De la Motte, év. d'Amiens.	» 85	Amis de régiment (les).	» 60
Guerriers les plus célèbres.	» 85	Constantin le Grand.	» 60
Hommes d'État.	» 85	Hippolyte Flandrin.	» 60
La Moricière (le gén. de)	» 85	Haydn.	» 60
Maintenon (Mme de).	» 85	Ingres.	» 60
Magistrats les plus célèbres.	» 85	Jasmin, poète d'Agen.	» 60
Marins les plus célèbres.	» 85	Jean Reboul.	» 60
Médecins les plus célèbres.	» 85	Jean Bart.	» 60
Peintres les plus célèbres.	» 85	Philippe de Gheldres, duchesse	
Rantzau (le maréchal de).	» 85	de Lorraine.	» 60
Théodose.	» 85	Rossini.	» 60
Turenne.	» 85	Sébastien Gomez, élève de Mu-	
Clisson, connétable.	» 75	rillo.	» 60

Format in-18.

Charles le Bon, comte de Fl.	» 60	Daniel O'Connell.	» 30
Louis XVII.	» 60	Eudes (le P.), fond. d'ordre.	» 30
Boufflers (le maréchal de).	» 30	Fisher, év. de Rochester.	» 30
Cheverus (le cardinal de)	» 30	Hohenlohe (le prince A. de).	» 30
Chateaubriand.	» 30	Lafeuillade, soldat.	» 30
Claver, apôtre des nègres.	» 30	Sobieski.	» 30
Drouot, général.	» 30	Thomas Morus.	» 30

— LILLE. TYP. J. LEFORT —

www.ingramcontent.com/pod-product-compliance
Lightning Source LLC
Chambersburg PA
CBHW071230260626
47162CB00004B/1491